레치얌

L'Chaim

לְחַיִּים

레치암

1판 1쇄 발행	2024년 11월 27일
지은이	강미란
발행인	이선우
펴낸곳	도서출판 선우미디어

등록 | 1997. 8. 7 제305-2014-000020
02643 서울시 동대문구 장한로 12길 40, 101동 203호.
☎ 2272-3351, 3352 팩스: 2272-5540
sunwoome@daum.net greenessay20@naver.com
Printed in Korea ⓒ 2024. 강미란

값 15,000원

충청북도　충북문화재단

※ 이 책은 충청북도, 충북문화재단의 후원을 받아 예술창작활동 지원사업의 일환으로
　발간되었습니다.
※ 잘못된 책은 바꿔 드립니다.
※ 저자와 협의하여 인지 생략합니다.

ISBN 978-89-5658-786-8 03810

레치얌
L'Chaim

강미란 수필집

선우미디어

‘레치얌'은
‘삶을 위하여'라는 히브리어

기쁨과 슬픔, 고통과 절망, 모든 것을 포함한
삶을 축복하는 말

작가의 말

　삶은 마치 무수한 조각들로 구성된 모자이크와 같습니다. 《레치얌》에서 나는 그 조각들 속에서 축복의 순간을 발견하고 삶을 온전히 받아들여 보다 나은 내일을 다짐합니다.

　'레치얌'은 히브리어로 '삶을 위하여'라는 뜻입니다. 유대인들은 포도주를 마시기 전 잔을 부딪치며 "레치얌!" 하고 외칩니다. 건배의 인사말을 넘어 지금 이 순간의 소중함을 깨닫고 삶을 축복하며 내일을 꿈꾸는 깊은 의미가 담겨 있습니다.

　《레치얌》은 삶의 모든 순간을 축복의 눈으로 바라보려는 시도에서 출발했습니다. 서로의 존재를 받아들이고 진정으로 이해하려는 마음과 따뜻한 미소, 어려움 속에서 내미는 손길과 일상의 소소한 감동까지도 모두 축복입니다.

삶은 매 순간 특별합니다. 기쁨뿐만 아니라 슬픔, 고통, 좌절, 절망까지도 역시 삶의 본질을 이루는 중요한 조각이기에 모든 순간은 축복받을 가치가 있습니다.

이 책은 나의 마음을 전환하기 위한 작은 시도에서 비롯되었습니다. 뒤돌아보면, 내가 마주했던 매 순간은 의미를 품고 있습니다. 현대를 살아가는 우리는 현실 속에서 갈등과 고독을 경험합니다. 고통을 피하고 싶고, 슬픔을 외면하고, 절망을 멀리하고 싶을 때가 많습니다. 그런데 이러한 순간일수록 긍정적인 마음의 전환이 필요합니다.

상실과 고통은 오히려 삶의 소중함을 일깨워 주었고, 그것을 넘어섰을 때 새로운 삶이 나를 기다리고 있었습니다. ≪레치얌≫은 나의 고통스러운 순간들을 축복으로 전환하는 힘을 주었기에 독자 여러분께도 '레치얌'의 힘을 전하고 싶습니다.

≪레치얌≫은 삶의 다양한 순간을 기록하며 치유를 경험한 수필집입니다. 관계하기 공감하기, 사랑하기 축복하기, 용서하기 받아들이기, 내려놓기 새로 담기, 고백하기 경청하기, 배려하기 소통하기, 자존감 희망찾기라는 주제로 내가 경험한 모든 축복의 순간들의 기록입니다. 서로의 삶을 응원하고 축

복하며, 삶의 다양한 순간 속에서 의미와 감동을 발견하는 축복을 나누고자 합니다.

우리의 일상에는 보석 같은 특별한 순간들이 숨어 있습니다. 이 책을 읽는 분들이 자신의 삶을 새로운 시선으로 바라보고, 순간마다 주어지는 특별함의 의미를 깨달으며 축복을 누리시길 바랍니다. ≪레치얌≫이 작은 쉼표가 되어 삶의 다양한 순간들을 새롭게 받아들이고 스스로를 치유하는 데 도움이 되기를 진심으로 소망합니다.

함께 외쳐봅시다.

"레치얌! 삶을 위하여!"
"레치얌! 오늘 이 순간을 축복하며!"

2024년 11월
강미란

차례

1.

관계하기 공감하기

"가장 중요한 것은

눈으로 보이지 않아. 마음으로 보아야 잘 보이는 거야."

"사막이 아름다운 건

어딘가에 샘물이 숨겨져 있기 때문이야."

−본문 중에서

어린 왕자를 펼치며

삶이 무겁게 느껴질 때가 있다. 그럴 때면 나는 종종 한 권의 책을 꺼내 들곤 한다. 바로 ≪어린 왕자≫이다. 처음에는 단순히 동화일 뿐이라고 여겼다. 책 속의 작은 소년은 순진한 캐릭터로만 보였고 그의 말에 깊이 귀를 기울이지도 않았다. 그런데 어른이 되어 다시 어린 왕자를 만났을 때 그의 외로움과 방황이 내 마음속 깊이 스며들었다. 이제 그는 상상 속의 존재가 아니라 나의 내면 어딘가에서 길을 잃은 또 하나의 나였다.

어린 왕자가 만난 어른들은 우리 사회와 닮아 있다. 어린 왕자가 나 자신을 돌아보게 했고, 어른이 되면서 점점 더 복잡해지는 내 마음의 무게를 실감했다. 하지만 어린 왕자의 순수한 시선은 그러한 무게를 조금씩 덜어주었다. 그는 단순함 속에서 진리를 찾는 법을 알려주었고, 복잡했던 내 마음속에 잔잔한 위로를 선물해 주었다.

그가 말했던 '길들인다'는 말은 관계의 본질을 새롭게 깨닫게 했다. "정말 소중한 것은 눈에 보이지 않는다"는 그의 가르침은 내가 잊고 지냈던 것들, 당연하게 여겼던 것들을 다시 떠올리게 했다. 어린 왕자가 자신의 별에 두고 온 장미를 그리워하는 장면은 내가 소중히 여겨야 할 것들이 무엇인지 되돌아보게 했다. 바쁜 일상에서 잊어버리기 쉬운 것들을 돌보고 지키는 것이 얼마나 중요한지도 일깨워 주었다.

어린 왕자의 맑은 눈빛은 어두운 내 마음을 밝히고 어린 시절의 순수함과 호기심을 다시 일깨워 준다. 비록 여전히 삶의 무게는 버겁지만, 나는 그의 가르침대로 보이지 않는 것들 속에서 진정한 가치를 발견하려 노력한다. 그 가치는 마음으로만 볼 수 있는 것들이며 사랑과 관계 속에서 빛나는 것들이기에 더욱 소중하다.

≪어린 왕자≫는 단순한 동화가 아니다. 그것은 관계의 진실을, 삶의 본질을 담은 이야기다. 별빛이 고요히 빛나는 저

녁, 창가에 앉아 그의 이야기를 떠올리며 잊고 지냈던 관계와 소중한 것들의 의미를 되새긴다. 우리는 서로를 길들이며, 이해하고, 관계를 통해 존재의 소중함을 발견한다. 관계는 상처받은 영혼을 회복시키고 우리를 서로 이어 주는 다리가 된다. 그 다리 위에서 우리는 서로를 길들이며 마음속에서 조용히 피어나는 꽃과 같은 기적을 경험한다.

삶이 공허하게 느껴질 때 나는 관계 속으로 들어간다. 관계는 단순한 유대를 넘어 서로를 보듬는 힘이 된다. 그것은 마음속에 특별한 빛을 남기고 내 삶을 따뜻하게 비춘다. 그 빛은 내가 사는 동안 이어질 관계의 여행을 풍요롭게 해준다. 그 여행은 나를 성장하게 하고 세상과 연결되는 방식을 새롭게 깨닫게 한다.

관계는, 나의 삶을 행복하게 만들어 주는 특별한 선물이다. 어린 왕자는 내게 소중한 관계의 의미와 그 속에서 발견할 수 있는 사랑과 행복의 가치를 일깨워 주었다. 나는 오늘도 새로운 만남을 기대하며 마음속에 작은 빛을 받아들인다. 관계 속에서 소중한 것을 지키고 서로를 길들이는 특별한 유대를 통해 내 삶의 여행을 이어간다.

삶이 버거울 때마다 나는 《어린 왕자》를 손에 든다. 그가 알려 주는 관계의 진실과 소중한 것들의 의미가 내 삶을 비추는 별빛과 같기 때문이다. 그 빛 속에서 나는 다시 희망을 품고 사랑과 관계의 여행을 시작한다.

"가장 중요한 것은 눈에 보이지 않아. 마음으로만 볼 수 있는 거야."

이 메시지는 오늘도 나를 움직이게 한다.

관계의 발견

- 관계를 맺는다는 것은 -

오랫동안 만나지 못했던 어린 왕자를 다시 만났다. 동화 속의 어린 왕자는 여전히 순수했고 전혀 낯설지 않았다. 사막여우는 말했다. "길들인다는 것은 관계를 맺는 것이고, 관계를 맺는다는 것은 서로에게 필요한 사람이 되는 것"이라고.

우리 삶도 그렇다. 좋든 싫든 우리는 수많은 관계 속에서 살아간다. 나는 오랜 세월 동안 C선생님과 관계를 맺어 왔다. 서로의 눈빛만으로, 혹은 전화 너머의 목소리만으로도 서로의 처지를 이해할 정도로 깊은 관계가 되었다. 우리는 아주 조금씩 서로에게 다가가며 관계라는 꽃을 피웠다.

어느 날 새벽, 우박이 쏟아지고 있었다. 베란다 창문이 깨지면서 발목 아킬레스건이 끊어지는 사고를 당했다. 서울에 있었던 남편이 연락을 받고 급히 청주로 내려오고 있었지만, 그를 기다리는 시간 동안 두려움에 떨면서 누군가의 도움이 절실했다. 어느 순간 나는 무의식적으로 C선생님에게 전화를 걸었다.

C선생님은 주저 없이 새벽길을 달려왔다. 서둘러 응급처치를 해 주고는 거실 바닥에 널브러진 유리조각과 핏자국을 대충 정리하더니 나를 응급실로 데려갔다. 많은 피를 흘렸기에 더 지체되었다면 내게 더 불행한 일이 닥쳤을지도 모를 일이었다. 그날 나는 C선생님이 내 삶에서 얼마나 소중한 존재인지를 깨달았다.

C선생님과 나의 관계는 사회적 연결에서 시작되었다. 나는 서울에서 살다가 학연도 지연도 없는 낯선 남편의 땅 청주로 내려와 주말부부로 20여 년을 살고 있었다. 청주에서의 삶은 결코 녹록지 않았는데 C선생님은 때로는 내게 위로자로, 또 버팀목이 되어주었다. 우리는 단순한 동료 관계를 넘어 서로의 삶을 이해하고 지지하는 관계로 성장했다.

법정 스님은 "난초와 관계를 맺고 난 후에야 길들여가는 나 자신을 보았다."고 했고, 김춘수 시인은 "그의 이름을 불러주었을 때 비로소 나에게로 와서 꽃이 되었다."고 말했다. 관계는 서로의 존재를 인정하고 존중할 때 발견된다.

《어린 왕자》를 통해서 나는 내 삶의 프레임에 타인이 맞춰주길 바라거나, 나만을 중심에 두며 관계를 이해하려 했던 건 아닌지 돌아보았다. 또 진정한 관계는 내가 타인을 받아들이고, 그를 통해 스스로를 성장시키며 함께 길을 걸어갈 때 이루어진다는 깨달음을 얻었다. 어린 왕자가 자신의 별로 돌아가 장미를 지키며 자신에게 소중한 것을 발견한 것처럼.

C선생님 역시 다양한 경험을 거쳐 간호사라는 자신의 행성으로 돌아갔다. 지금은 요양원에서 가정간호사로 어르신들의 삶을 돌보고, 치매 예방 강의와 프로그램 개발에 힘쓰고 있다. 관계의 꽃을 피우는 C선생님은 진정한 헌신과 사랑을 몸소 보여주는 본보기다.

관계의 발견은 삶의 은총이며 우리가 살아가는 이유다. 다양한 관계 속에서 자신이 누구인지를 깨닫고, 서로의 버팀목이 되는 사람을 만나는 일은 인생의 축복이다. 관계는 우리가 서로를 길들여가며 함께 피워내는 꽃이다.

관계는 단순한 연결이 아니라, 서로를 더 깊이 이해하고 삶의 의미를 함께 찾아가는 여정이다. 관계 속에서 우리는 존재의 가치를 발견하고, 서로를 통해 삶의 아름다움을 깨닫는다. C선생님과 나의 관계 또한 서로의 삶을 풍요롭게 하며 오래도록 향기롭게 피어 있기를 소망한다.

　삶 속에서 관계를 발견하고, 그 안에서 서로의 존재를 길들이며 피워낸 꽃들이 우리의 인생을 더욱 빛나게 하리라.

관계의 회복

– 길들이고 길드는 것 –

어린 왕자는 지구에 오기 전, 여섯 개의 별을 지나며 물질적 욕망과 외로움에 사로잡힌 어른들을 만난다. 그들은 길들여지지 않았고 관계의 의미를 모르는 사람들이다. 그러나 일곱 번째 별인 지구에서 만난 사막여우가 어린 왕자에게 '길들인다'는 게 어떤 의미인지를 가르쳐 준다.

어린 왕자는 말했다. "길들인다는 것은 세상에서 단 하나뿐인 존재가 되는 것"이라고.

우리는 삶 속에서 누군가를 길들이고 또 누군가에게 길든다. 이 과정은 서로에게 특별한 존재가 되는 여정을 의미한다. 수십 억 인구 중 하나인 나는 누군가의 딸이자 아내, 어머니로서 나를 둘러싼 관계 속에서 비로소 진정한 나를 찾는다. 서로를 통해 우리는 존재 이유를 발견하며 삶의 본질에 다가간다.

둘째 아이를 출산하던 날, 예정일이 지나 유도 분만을 시작했다. 산통을 극심하게 앓는 내게 시어머니가 하신 말씀이다.

"어미야, 내가 나갈까, 아니면 곁에 있어 줄까?"

"어머님, 나가지 마세요."

그날 시어머니는 내 곁에서 손을 잡고 기도하며 끝까지 함께했다. 그분의 손길은 고통 속에서 큰 위로가 되었고 나는 무사히 아들을 품에 안았다. 시어머니 앞에서 보이지 않을 부분까지도 드러냈지만 전혀 부끄럽지 않았다. 시어머니가 친정어머니와 다름없었기 때문이다. 시어머니와 관계는 그날 이후 더 깊어졌다.

몇 년 뒤, 시어머니가 장염으로 병원에 입원했다. 증세가 심해 괄약근조차 제대로 조절할 수 없어 어머니께 기저귀를 채워드리고 은밀한 곳까지 닦아드렸다. 자식에게 신세 지는 것을 싫어했지만, 어머니의 손을 잡으며 친딸이라 생각하시라면서 따뜻한 수건으로 어머니의 얼굴을 닦아드리고 로션을 발라 드렸다. 그렇게 우리는 오랜 시간 천천히 서로를 길들였다.

어린 왕자와 사막여우가 길들여진 관계처럼, 진정한 관계는 서두르지 않고 천천히 서로에게 다가가는 과정에서 피어난다. 시어머니와 나는 수십 년간 서로를 이해하며 가까워졌다. 목소리나 눈빛 하나로도 서로의 마음을 짐작할 만큼 깊어진 관계는 오랜 시간 쌓아 온 신뢰와 사랑의 결과였다.

《어린 왕자》의 어른들처럼 우리는 종종 물질적 성공과 욕망에 매몰되어 중요한 관계를 잃어버리곤 한다. 어린 왕자가 네 번째 별에서 만난 신사가 그랬다. 그는 부와 명예를 좇았지만 정작 중요한 것을 알지 못했다. 나 또한 바쁜 일상과 욕망 속에서 소중한 사람들과의 관계를 외면한 적이 많다. 나에게 가장 값진 순간은 외적인 성공이 아니라, 길들이고 길들며 서로에게 다가가는 관계 속에 있음을 간과한 행위였다.

길들임을 통해 관계를 회복하는 과정은 가장 인간답게 존재할 방법이다. 시간이 지남에 따라 관계는 더 단단해지고 회복되어 간다. 길들임은 상대방을 나만의 특별한 존재로 인식하는 과정이며, 그 안에서 우리는 서로를 유일한 존재로 자리매김하게 된다. 서로를 이해하고 소중함을 잃지 않으려 노력할 때 우리는 관계 속에서 진정한 위안과 치유를 얻게 된다. 길들임을 통해 우리는 사랑과 헌신, 신뢰를 배우며, 그 관계는 우리 삶을 더욱 풍요롭게 만든다.

저녁 하늘에 별빛이 고요히 빛나기 시작하면 창가에 앉아 그 빛을 바라본다. 별빛은 내 마음 깊은 곳에서 잊혔던 관계와 소중한 기억을 떠올리게 한다. 바람결에 실린 듯, 별빛 속에 스며드는 그 순간, 내 마음은 따뜻함과 위로로 가득 차오른다.

삶의 본질은 관계에 있다. 길들이고 길들며 서로에게 특별한 존재가 되는 과정에서 우리는 진정한 나를 발견한다. 그 관계는 우리의 마음을 연결하고, 서로에게 치유와 위로가 되는 소중한 선물이 된다.

우리는 오늘도 누군가를 길들이고, 누군가에게 길들며 관계의 꽃을 피운다. 그 꽃은 우리 삶에 빛을 더하고 우리를 세상에서 유일한 존재로 만들어 준다.

관계의 비밀

- 책임을 진다는 것 -

어린 왕자가 사랑하는 장미를 두고 한 말은 아름다운 문장 그 이상이다.

"내겐 그 꽃 하나만으로도 너희들 전부보다 더 소중해. 내가 물을 준 것은 그 꽃이기 때문이야. 내가 유리 덮개를 씌워준 것도 그 꽃이기 때문이야."

이 말속에는 관계의 본질과 책임의 의미가 깊이 담겨 있다. 어린 왕자가 장미를 특별하게 여긴 이유는 단지 아름다움 때문이 아니다. 그는 장미와 함께한 시간 속에서 돌보고, 보호하고, 책임을 다하며 관계를 맺었기에 어린 왕자에게 장미는 단하나뿐인 존재가 된 것이다.

어린 왕자와 장미의 관계는 단순한 소유가 아니다. 서로를 길들인다는 것은 단순히 함께 시간을 보내는 것을 넘어 상대방을 특별한 존재로 받아들이는 과정이다. 이 과정에서 우리는 그 존재에게 책임을 지게 된다. 어린 왕자가 "나는 내 장미에게 책임이 있어."라고 말한 것처럼, 책임은 관계를 지속시키는 핵심이자 진정한 사랑을 이루는 바탕이다.

우리는 살아가며 많은 사람과 사물에 길들인다. 가족, 친구, 동료뿐 아니라 우리가 돌보는 일상 속 모든 사물에도 우리는 책임을 느낀다. 그러나 종종 우리는 이 책임을 무겁게 느끼며 때로는 잊거나 회피하기도 한다. 생텍쥐페리는 어린 왕자를 통해 관계의 진정한 의미를 일깨운다. 책임은 의무를 넘어 사랑의 표현이며, 진정한 관계를 가능하게 하는 힘이다.

책임을 진다는 일은 때로 무겁게 느껴질 수 있다. 아내로서, 부모로서, 자식으로서 그리고 친구라는 다양한 역할 속에서 책임을 요구받는다. 그 책임을 다했을 때 우리는 그 속에서 깊은 행복과 성취를 느끼게 된다. 어린 왕자가 장미를 위해 고향 별로 돌아가려고 결심한 것처럼, 관계를 지키려면 두려움과 어려움을 극복하려는 용기와 노력이 필요하다.

책임은 단순히 의무를 다하는 것을 넘어 관계를 지속시키고 깊이 있게 만드는 과정이다. 책임을 다하는 순간 우리는 그 관계 속에서 진정한 사랑과 연대감을 느끼며 삶의 풍요로움을 얻게 된다.

진정한 관계는 서로를 길들이고 책임을 다하는 과정에서 더 단단해진다. 어린 왕자가 장미에 대한 책임은 단순한 약속이 아니라 그의 삶을 이끄는 원동력이었다. 관계는 책임을 통해 유지되고 성장한다. 우리가 누군가에게 책임을 다할 때, 그 사람에게 세상에서 단 하나뿐인 특별한 존재가 된다. 그리고 그 책임을 다하며 발견하는 깊은 사랑과 이해는 관계가 주는 가장 큰 선물이다.

책임은 또한 자신을 성장시키는 과정이다. 누군가와의 관계 속에서 책임을 다하는 것은 서로의 존재를 인정하고 존중하는 일이자 그 관계를 지속시키는 힘이다. 처음에는 무겁게 느껴졌던 책임이 시간이 흐를수록 관계가 더욱 풍성해지고, 그 관계 속에서 우리는 더 깊은 행복과 의미를 찾게 된다.

밤하늘의 빛나는 별을 바라보면 어린 왕자와 그의 장미, 사막여우의 이야기가 떠오른다. 그들의 관계는 단순한 동화 속 이야기가 아니다. 그것은 우리가 살아가며 맺는 모든 관계의 본질을 보여준다. 관계는 길들임과 책임, 그리고 서로를 향한 헌신으로 이루어진다.

"나와 관계하는 모든 것에 책임져야 해."

이 말은 단순한 의무가 아닌 사랑의 선언이다. 우리가 길들인 모든 존재에게 책임을 다할 때 우리는 진정한 관계 속에서 한층 더 사랑하게 되고 상대를 이해하게 된다. 그것이 관계의 비밀이자, 삶이 우리에게 주는 가장 큰 선물이다.

때로 밤하늘을 올려다본다. 별빛처럼 관계의 책임이 우리 삶을 비출 때, 그 책임을 다하는 순간, 우리의 삶은 한층 더 빛난다.

관계의 기적

- 가장 소중한 것은 마음으로 보는 거야 -

슬프고 아름다운 동화 ≪어린 왕자≫는 단순하나 심오한 삶의 비밀을 전한다.

"가장 중요한 것은 눈에 보이지 않아. 마음으로 보아야 잘 보이는 거야."

이 말은 어린 시절에는 그저 동화 속 한 구절일 뿐이었는데 이제는 삶과 관계의 본질을 꿰뚫는 진리의 말로 느껴진다. 관계의 기적은 겉으로 보이는 것에 있지 않다. 그것은 눈으로는 볼 수 없고 오직 마음으로만 이해할 수 있는 지점에서 시작된다.

우리는 종종 눈에 보이는 것들로 관계와 성공을 판단한다.

젊었을 때 나도 그랬다. 더 좋은 집, 더 멋진 차, 더 높은 성과를 바라며 눈앞의 물질적인 기준들에 집착했다. 다른 사람의 삶과 내 삶을 비교하며 스스로를 불안에 빠뜨렸고, 보이는 성공만이 행복이라고 믿었다.

그런데 그런 방식으로는 진정한 만족에 다다를 수 없었다. 어린 왕자가 상자 속 어린 양을 소중히 여기듯, 내 마음속에도 한때는 순수함과 의미가 있었지만 그것을 잊고 겉으로 보이는 것들만 좇으며 살았다.

어린 왕자는 말한다.

"어른들은 숫자로 말해야 이해한다고 했어."

나도 그랬다. 아이를 키우며 그들의 작은 마음보다는 시험 성적과 결과만을 중시했다. "공부 열심히 해라"는 말만 되풀이하며 아이의 진짜 마음을 이해하지 못했다. 관계를 숫자로 재려 했고, 보이는 성과로 행복을 측정하려 했던 나 자신을 돌아보며 깊은 반성을 하게 된다.

사랑, 믿음, 배려 같은 관계의 본질적인 가치는 눈에 보이지 않기에 종종 간과된다. 어린 왕자가 장미와의 관계 속에서 사랑의 의미를 늦게 깨달았던 것처럼, 나 역시 삶 속에서 정말 중요한 것들을 뒤늦게 알아차렸다.

진정한 유대와 깊이는 물질이나 성과로 측정할 수 없다. 가족과의 사랑, 친구와의 신뢰, 연인과의 배려는 모두 보이지 않는 곳에서 자라난다. 겉으로 드러나는 모습이 아니라 마음속에서 자라는 관계야말로 우리를 진정으로 풍요롭게 만든다.

"가장 중요한 것은 눈으로 보이는 것이 아니라, 마음으로 보는 거야."

이 말은 관계의 비밀을 간단히 드러낸다. 마음으로 보는 것은 상대의 진심을 느끼고, 그 사람의 내면을 이해하려는 노력을 말한다. 보이는 모습이나 외형적인 조건에 의존하면 관계의 본질을 놓치게 된다. 진정한 관계는 보이지 않는 신뢰와 사랑 위에 세워진다.

아이와의 관계도, 배우자와의 관계도, 나 자신과의 관계도 모두 그렇다. 겉으로 드러난 모습만으로는 관계의 깊이를 알수 없다. 마음으로 바라보고 공감하며 함께 성장하려는 노력이 관계의 기적을 일으킨다.

모든 관계의 출발점은 나 자신과의 관계다. 내가 나를 사랑하고 자신의 마음을 제대로 바라볼 때 타인과의 관계도 온전하게 맺어진다. 나 자신을 이해하지 못한 채 다른 사람의 마음을 헤아릴 수는 없다.

어린 왕자가 장미를 돌보며 깨달았던 것처럼 관계는 자신을 이해하고 돌보는 것에서 시작된다. 나 자신과의 관계를 회복할 때 우리는 타인과의 관계에서도 진정한 기적을 경험할 수 있다.

관계의 기적은 보이지 않는 곳에서 일어난다. 그것을 발견하기 위해선 마음의 눈을 열어야 한다. 상대의 마음을 들여다보고 나 자신의 마음에 귀 기울이는 순간 우리는 관계 속에서 진정한 행복을 발견할 수 있다.

어린 왕자의 가르침은 단순하지만 깊다. 눈앞에 보이는 것만 좇는 어른이 아닌, 마음으로 관계를 바라볼 수 있는 사람이 되라는 메시지는 내 삶의 방향을 다시 잡아준다.

별이 빛나는 밤, 나는 어린 왕자와 그의 장미를 떠올린다. 별빛처럼 멀리 보이지만 마음속에서는 가까이 느껴지는 그들의 관계는 내가 모든 관계에서 소중히 여겨야 할 가치임을 일깨운다.

관계의 기적은 준비된 마음속에서 피어난다. 내가 그 기적과 마주할 준비가 되었을 때, 내 삶은 더 풍요롭고 깊어질 것이다.

어린 왕자의 마지막 장을 닫으며

생텍쥐페리의 《어린 왕자》는 우리가 잊고 사는 삶의 참 진실과 순수함, 관계의 의미를 다시금 깨닫게 해주는 지혜의 책이다.

작가는 《어린 왕자》의 에필로그에서 왕자가 머물렀던 장소를 이 세상에서 "가장 사랑스럽고 가장 슬픈 풍경"으로 표현한다. 그리고 이 이야기가 독자들의 마음에 계속 이어지기를 바라며 마지막을 이렇게 끝맺는다.

"언젠가 아프리카 사막을 여행하게 되면 이곳을 꼭 알아보기를 바란다. 만약 그쪽으로 지나가게 되면 서둘러서 지나치지 말기를 부탁한다. 저 별빛 아래에서 잠시만 기다려라. 그때 만약 작은 소년이 나타나 웃거든, 금빛 머리카락을 한 그 소년이 묻는 말에 대답하지 않거든, 그가 누구인지 알아챌 수 있을 것이다."

이 구절은 신비롭고도 먹먹하다. 어린 왕자가 머물렀던 장소를 "가장 사랑스럽고 가장 슬픈 풍경"이라고 표현한 작가의 말은 어린 왕자가 전하는 메시지의 본질을 담고 있다. 그곳은 어린 왕자가 우리의 곁을 떠났지만 그의 이야기가 여전히 우리 삶 속에 살아 있다는 상징이기도 하다.

어린 왕자는 사막여우와의 만남을 통해 관계의 본질을 배운다. "길들인다는 것은 관계를 맺는 것"이라는 여우의 말은 단순한 문장처럼 들리지만, 우리의 삶에서 관계를 바라보는 방식을 변화시킨다. 관계는 시간을 함께 보내며 서로를 이해하고 책임을 느끼는 과정에서 형성된다. 어린 왕자가 자신의 장미꽃을 소중히 여긴 이유는 그것이 가장 아름답기 때문이 아니라 장미와 함께한 시간과 그를 돌본 기억이 소중했기 때문이다.

우리는 종종 눈에 보이는 것들에 집착하며 보이지 않는 가치들을 잃어버린다. 물질적 풍요와 성공을 행복의 척도로 삼으며 진정한 관계의 깊이를 외면하기도 한다. 그러나 어린 왕자는 우리에게 이렇게 속삭인다.

"가장 중요한 것은 눈으로 보이지 않아. 마음으로 보아야 잘 보이는 거야."

"사막이 아름다운 건 어딘가에 샘물이 숨겨져 있기 때문이야."

이 말은 삶의 진실을 꿰뚫는다. 사막처럼 메마르고 힘겨운 순간에도 어딘가에 희망과 행복이 숨겨져 있다. 그것은 우리가 보지 못할 뿐, 반드시 존재한다. 삶의 고난과 시련은 사막을 걷는 여정과도 같다. 지치고 힘들 때 멈춰 서고 싶지만, 사막 한가운데서 우물을 찾는다는 믿음이 우리를 계속 앞으로 나아가게 한다.

어린 왕자는 말없이 우리의 삶을 동행한다. 우리가 지치고 방향을 잃을 때, 그의 금빛 머리카락과 맑은 눈빛은 별빛처럼 우리에게 길을 알려준다. 그의 이야기는 삶 속에서 희망의 불씨를 발견하고, 관계의 진실과 책임을 되새기게 한다.

어린 시절 우리는 작은 돌멩이, 들꽃, 별빛 같은 소소한 것들에 경이로움을 느꼈다. 그러나 어른이 된 후, 물질적 성공과 사회적 기준에 얽매이며 이러한 순수한 감각을 잃어버렸다. 어린 왕자는 우리에게 이렇게 말한다.

"네가 잃어버린 것들은 여전히 네 마음속 어딘가에 있어. 그것들을 찾으려면 보이지 않는 것을 보아야 해."

이 메시지는 단순히 과거의 추억을 회상하라는 말이 아니다. 그것은 우리가 본질을 되찾고 진정으로 중요한 것에 집중하며 삶의 단순함 속에서 아름다움을 발견하라는 권유다. 어린 왕자의 가르침을 따를 때 우리는 관계와 사랑, 책임을 다시금 소중히 여길 수 있다.

어린 왕자가 말했듯, 관계를 맺는 것은 서로를 길들이는 것이다. 우리는 삶 속에서 수많은 관계를 맺으며 서로의 고유함을 발견하고 함께 성장한다. 관계는 눈에 보이는 모습이 아니라 보이지 않는 신뢰와 사랑 속에서 피어난다. 그리고 관계를 통해 우리는 삶의 진정한 행복을 경험한다.

"어떻게 살아야 할 것인가?"

이 질문은 어린 왕자가 남긴 가장 중요한 물음이다. 그의 대답은 멀리 있지 않다. 우리가 맺는 관계 속에서, 삶의 소소한 순간 속에서 행복과 기쁨을 찾는 것이다. 관계는 단순히 시간을 보내는 것이 아니라 서로를 통해 자신을 발견하고 그 고유함을 인정하며 사랑하는 과정이다.

《어린 왕자》는 단순한 동화가 아니다. 그것은 우리 삶에 스며드는 희망과 지혜의 메시지다. 어린 왕자가 자신의 별로 돌아가며 남긴 말들은 삶의 본질을 일깨우고 우리에게 치유와 용기를 준다. 그의 이야기는 단지 과거의 추억이 아니라, 지금도 여전히 우리 곁에서 살아 있는 진리다.

삶이 사막처럼 느껴질 때, 어린 왕자를 떠올린다. 그의 이야기는 우리가 길을 잃었을 때 방향을 알려주는 별빛이다. 우리는 사막을 걷는 여정 속에서 자신만의 오아시스를 찾아 나가야 한다. 사막 어딘가에 숨겨진 우물처럼, 우리 삶 속에도 숨겨진 행복이 존재한다. 그것을 발견하기 위해 우리는 마음의 눈을 열고 관계를 소중히 여기며 책임을 다해야 한다.

어린 왕자는 내 삶에 스며든 빛이다. 그의 메시지는 상처를 치유하고, 잃어버린 것을 되찾게 하며, 삶을 이어갈 용기를 준다.

오늘도 나는 그의 메시지를 가슴에 품고 삶이라는 사막을 걸으며 나만의 오아시스를 찾아간다.

2.

사랑하기 축복하기

우리는 백만 번의 삶을 살지 못하지만,
한 번의 진정한 삶은 살 수 있다.
삶의 의미는
스스로 선택하고 사랑하며 살아갈 때
비로소 완성된다.
−본문 중에서

레치얌! 삶을 위하여

❧

"거울아, 거울아, 이 세상에서 누가 제일 예쁘니?"

동화 속 왕비의 질문은 단순히 외모에 대한 호기심을 넘어선다. 거울은 현재의 나뿐 아니라 지나온 시간과 앞으로 다가올 나의 모습을 비추는 창이다. 우리가 거울 속에서 발견하는 것은 흘러간 시간의 흔적, 그리고 삶의 이야기가 고스란히 담긴 한 인간의 초상이다.

문학치료 강의를 위해 처음 요양원을 방문했다. 어르신들의 표정이 한결같이 낯설고도 무거웠다. 휠체어에 앉은 무표정한 얼굴, 눈을 감은 채 시간을 견디는 듯한 모습, 예기치 못한 행동과 엉뚱한 이야기를 반복하는 어르신들…. 그분들 속에서 나 또한 길을 잃은 듯했다. 그러나 그들의 침묵 속에서 나는 삶의 이야기가 여전히 살아 있음을 알게 되었다. 어르신들의 현재는 멈춘 듯 보였지만, 과거의 시간은 여전히 그들의 깊은 곳에서 조용히 빛나고 있었다.

≪장터 나들이≫라는 동화를 어르신들에게 읽어준 것은 그들의 기억 속 장터를 불러내려는 나의 작은 시도였다. 동화 속 장터의 풍경이 나오는 대목에서 어르신들의 닫혀 있던 기억의 문이 서서히 열리면서 생기가 돌기 시작했다.

"어머니가 나에게 꽃신을 사주셨지…"라는 한 노인의 한마디가 어르신들을 그 옛날 장터 풍경으로 기억을 소환했고, 요양원은 과거의 장터 한마당으로 변했다. 까마득히 잊고 있었던 과거의 시간과 조우한 것이다. 무표정했던 어르신들의 얼굴에 온기가 돌면서 행복했던 기억의 색깔과 소리가 입혀졌다. 그렇게 동화를 들으면서 어르신들이 순수함과 따뜻했던 기억을 소환하고 있음을 엿볼 수 있었다. 그곳의 시간 속에 있는 기쁨과 삶의 의미를 다시 찾아가는 치유의 과정이었다.

동화 읽기가 끝나고 이어진 점핑클레이 활동은 어르신들에게 잊힌 꿈과 바람을 되살리는 시간이었다. 송편, 꽃신, 뻥튀기, 엿 같은 옛 물건들이 어르신들의 손끝에서 빚어졌다. 그런데 한 어르신이 자신이 만든 송편을 진짜 송편으로 착각한 듯 한입 크게 베어 물었다. 모두가 깜짝 놀랐지만 곧 웃음꽃이 피어났다. 그분의 그 행동이 어린아이 같았기 때문이다. 어르신들의 순수함은 사라진 것이 아니라 단지 깊이 감춰져 있었음을 깨닫는 순간이었다.

"레치얌!"

이는 요양원에서 수업을 마치며 다 함께 외치는 소리다. 히브리어로 "삶을 위하여"라는 뜻을 지닌 말이다. 처음엔 약했던 어르신들의 목소리에 시간이 흐르면서 점점 힘이 실렸다. 그 외침 속에는 축복의 의미를 넘어 살아 있음에 대한 깊은 응답이 담겨 있었다.

삶은 기쁨과 고통, 슬픔과 희망이 얽혀 있는 복합체다. 어르신들의 삶은 이를 여실히 보여준다. 치매로 현재의 기억이 희미해져도, 신체적 고통이 찾아와도, 그분들의 과거는 여전히 찬란히 빛난다. 장터의 기억을 소환하고는 생기가 돌던 어르신들, 여전히 삶의 축복을 받을 자격이 있음을 증명했다.

레이첼 나오미 레멘은 〈할아버지의 기도〉에서 "고통 속에서도 생명을 축복할 수 있는 힘이 인간에게 있다."라고 말했다. 고통과 상실을 삶의 일부로 받아들일 때 우리는 진정한 치유와 평화를 경험한다. 어르신들의 삶이 바로 이 진리를 보여준다.

요양원의 어르신들과 함께한 시간은 나에게도 치유의 여정이었다. 그분들의 행복했던 기억을 되살리면서 나 또한 내 삶을 돌아보고 나의 역할을 다시 만날 수 있었다. 요양원에서 건네받은 짧은 미소와 감사 그리고 따뜻한 손길은 말로 다할 수 없는 깊은 위로와 축복이었다. 어르신들과 함께 한 시간은 단순히 치유의 순간을 넘어, 삶의 진실을 다시금 만나는 시간이었다. 삶은 고통과 기쁨이 공존하는 여정이다. 우리는 서로를 축복하고 공감하며 더 큰 평화를 발견한다.

"레치얌!"

이 외침은 축복의 의미를 넘어 삶의 희로애락을 받아들이며 존중한다는 태도다. 기쁨과 고통을 함께하며 나와 타인의 삶을 긍정적으로 바라볼 때 우리는 비로소 삶의 진정한 가치를 깨닫는다.

삶은 축복이다. 그 자체로 아름답고 소중하다. 어르신들과 함께한 경험은 나에게 삶의 진실을 가르쳐주었다. 우리의 삶이 얼마나 소중한지를 기억하며 지금 이 순간을 진심으로 축복하자.

"레치얌!"
"우리 모두의 축복된 삶을 위하여!"

지금, 이 순간을 사랑하며, 서로를 위로하고 축복하며 살아
가자. 모든 것에 감사하며 마음을 다해 축복하자. 살아 있다는
그 자체가 이미 축복임을 잊지 말자.

백만 번 산 고양이

우리는 살아가는 동안 무엇을 위해 존재하는 걸까. 삶의 의미와 목적을 고민할 때마다 마음은 복잡해지고 길을 잃은 듯한 막막함이 찾아온다. 이런 물음은 단순한 철학적 질문이 아니라 우리가 매일 마주하는 현실의 무게와 맞닿아 있다. 그리고 이 질문에 대한 하나의 답을 ≪백만 번 산 고양이≫라는 동화에서 찾을 수 있다.

얼룩 고양이는 백만 번을 살고 백만 번을 죽었지만 단 한 번도 자신의 삶에 눈물을 흘리지 않는다. 그는 수많은 사람에게 사랑 받았지만 그 사랑은 그에게 아무런 의미가 없다. 그의 삶이 자신의 것이 아니라 타인의 것이었기 때문이다. 우리는 이 고양이를 통해 삶의 본질을 묻는다. 내가 주체가 되는 삶이란 무엇인가?

주체적인 삶은 나답게 사는 것이다. 그러나 우리는 때때로 타인의 기대 속에 갇혀 나다움을 잊어버린다. 과거의 상처에서 벗어나지 못한 채 그 고통을 안고 살아가고 미래에 대한 불안 때문에 현재를 온전히 살지 못한다. '도덕적이어야 한다는 강박은 우리를 타인의 시선에 맞추게 만들고 그 과정에서 진정한 나를 잃게 한다.

나는 가끔 '결정 장애'라는 말을 듣는다. 스스로 결정하지 못하고, 타인의 기대를 좇아 선택을 망설일 때가 많다. 우리는 관계를 유지하기 위해 원치 않는 선택을 하거나 좋아하는 일을 선뜻 선택하지 못한다. 이런 순간이 반복될수록 나다운 삶에서 멀어지고 있음을 깨닫는다. 그래서 얼룩 고양이의 이야기가 나를 비추는 거울과도 같다.

얼룩 고양이는 자유로운 길고양이로 다시 태어나면서 비로소 자신만의 길을 가기 시작한다. 그의 삶은 더는 누군가의 소유가 아니다. 그는 수많은 암고양이의 관심 속에서도 단 한 번 하얀 고양이를 만나며 진정한 사랑을 경험한다. 하얀 고양이와의 관계는 얼룩 고양이의 삶을 완전히 바꾸어 놓는다. 그는 사랑을 받기 위한 존재에서 사랑을 주는 존재로 변모했고, 그 과정에서 삶의 진정한 기쁨을 깨닫는다.

하얀 고양이와의 만남은 얼룩 고양이가 처음으로 자신의 삶을 온전히 마주하게 만든 사건이다. 이 경험은 우리에게도 많은 것을 시사한다. 우리는 종종 사랑받기를 원하면서도, 사랑하는 일의 행복을 놓친다. 진정한 관계는 타인의 시선과 기대가 아닌, 자신의 마음에서 비롯된다. 얼룩 고양이는 하얀 고양이를 통해 주체적으로 사랑을 선택하고 비로소 진정한 행복을 찾는다.

사회적 관계에서 벗어나 나 자신이 주체가 되어 사는 일은 절대 간단하지 않다. 관계를 유지하려고 싫은 일도 하고, 체면 때문에 원하지 않은 걸 선택해야 할 때도 있다. 이 동화는 단순히 살아가는 것만으로는 삶의 의미가 없다는 메시지를 전한다. 진정한 행복은 내가 원하는 것을 선택하고 내가 사랑하는 대상을 발견하며 살아갈 때 얻을 수 있다는 것을.

얼룩 고양이는 하얀 고양이와의 삶에서 처음으로 눈물을 흘린다. 그것은 진정한 사랑의 증거이자, 그의 삶이 비로소 완성되었음을 보여주는 상징이다. 우리도 타인의 시선과 기대에서 벗어나 내가 원하는 삶을 선택해야 한다. 그것이 비록 쉽지 않은 길일지라도, 진정으로 사랑하고 사랑받으며 살아가는 것이야말로 우리가 추구해야 할 삶의 방향이다.

　나의 삶을 돌아본다. 나는 얼마나 주체적으로 선택하는 삶을 살았던가. 대학 시절, 나는 주변의 기대에 따라 안정적인 직장을 보장받을 수 있는 유아교육을 전공으로 선택했다. 그런데 학업에 몰두할수록 내 마음은 점점 공허해졌다. 문학 동아리 활동, 라디오 대본 응모와 신문 투고를 하는 나 자신을 발견했다. 내가 진정으로 원하는 건 글쓰기임을 비로소 깨달았다. 하지만 안정적인 미래를 포기하는 것이 두려워 오랫동안 나의 내적 열망에는 외면했다.

　오랜 시간이 지나서야 글을 쓰기 시작했다. 처음에는 두려웠지만, 그 과정에서 잃어버렸던 열정을 되찾을 수 있었다. 뒤늦게 작가로 등단하고 문예 창작 전공으로 다시 학업을 시작하면서 나는 비로소 내가 진정으로 원했던 글쓰기와 마주할 수 있었다.

　얼룩 고양이처럼 자신의 삶을 스스로 이끌어가며 사랑하는 대상을 발견하는 삶이야말로 진정한 행복으로 가는 길이다. 나는 더는 타인의 기대에 얽매이지 않고, 내가 원하는 삶을 선택하며 살아갈 용기를 키워가고 있다.

우리가 백만 번의 삶을 살지 못하지만, 한 번의 진정한 삶은 살 수 있다. 삶의 의미는 스스로 선택하고 사랑하며 살아갈 때 비로소 완성된다. 얼룩 고양이가 마지막 순간에 깨달았던 것처럼 우리도 사랑하고 사랑받으며 진정한 삶의 가치를 발견해야 한다. 그것이 바로 치유와 행복으로 가는 길이다.

산 자의 길, 망자의 길

산 자의 길과 망자의 길은 인생의 두 가지 큰 흐름이다. 산 자의 길은 우리가 살아가는 동안 수많은 선택과 경험으로 만들어지는 여정이다. 이 길 위에서 우리는 기쁨과 슬픔, 성공과 실패를 마주하며, 끝없이 변화하는 삶 속에서 매 순간 새로운 선택을 해야 한다. 그러나 이 길은 영원하지 않다. 결국 모든 산 자의 길은 끝을 맞이하고 익숙했던 세상을 떠나 알 수 없는 또 다른 길, 망자의 길로 들어선다.

망자의 길은 피할 수 없는 운명이자 인생의 또 다른 시작이다. 불교의 윤회 사상에 따르면 망자의 길은 단순한 끝이 아니라 새로운 시작을 예고한다. 산 자의 삶이 망자의 길로 이어지고 그 길 끝에서 다시 새로운 생이 태어나는 순환의 과정은 우리가 살아가는 매 순간이 얼마나 중요한지를 일깨운다.

여주 불교박물관에서 열린 '산 자의 길, 망자의 길' 전시는 삶과 죽음의 의미를 탐구하는 깊은 여정을 제공했다. 처음에는 무겁게 느껴졌던 주제였지만 전시장을 둘러보며 점차 생각이 달라졌다. 산 자와 망자가 걷는 길은 결국 하나로 연결된다는 사실이 점차 마음속에 자리 잡았다.

전시장 입구에서 만난 12지신상은 이승과 저승의 경계를 수호하는 듯 강렬한 인상을 주었다. 그곳에서 시작된 여정은 마치 내가 이승에서 저승으로 걸어가는 길처럼 느껴졌다. 전시의 중심에 자리한 열 명의 명부시왕은 죽은 자가 생전의 업보를 심판받는 모습을 생생히 보여주었다. 그들의 심판 장면을 마주하니 내 안에서 무언가가 요동쳤다. 그 심판은 단순히 죽은 자를 향한 것이 아니라, 살아 있는 나에게도 울림을 주었다.

열 명의 심판관은 망자가 생전에 쌓은 죄와 덕을 낱낱이 드러낸다. 그 결과에 따라 다시 태어날 곳이 결정된다는 전시는 내 삶을 돌아보게 했다. 망자의 길은 죽음 이후 시작되는 여정이지만, 사실 그 길은 산 자의 삶에 깊숙이 뿌리 내려 있다.

우리가 살아가는 매 순간의 선택과 행동이 망자의 길을 결정 짓고, 그 길 끝에서 새로운 삶으로 이어진다는 깨달음이 다가 왔다.

염라대왕의 발설지옥에서는 말로 저지른 죄가 심판받는다. 여기서 나는 말과 행동의 중요성을 다시금 깨달았다. 도시대 왕의 광풍에서는 관계의 신의를 저버린 죄가 큰 벌을 불러오 는 모습을 보았다. 또한, 전륜대왕의 최종 심판에서는 부모님 께 사랑을 표현하지 못한 자가 후회하는 모습을 통해 산 자로 서 내가 관계를 어떻게 맺어야 하는지를 돌아보게 되었다.

삶과 죽음은 불가분의 관계에 있다. 죽음은 단절이 아니라 순환이다. 여주 불교박물관의 '산 자의 길, 망자의 길' 전시는 나로 하여금 죽음을 삶의 일부로 받아들이게 했다. 산 자의 삶은 망자의 길로 이어지는 과정이니 죽음을 두려워하기보다 는 이를 통해 삶의 의미를 깊이 성찰해야 한다.

산 자로서의 길은 매일 마주하는 삶의 길이며, 망자의 길은 언젠가 걷게 될 또 다른 길이다. 이 두 길은 단절된 것이 아니 라 마치 하나의 그림처럼 이어져 있다. 죽음은 내 삶 속에서 준비되는 과정이다. 언젠가 그 길을 걸을 나 자신을 위해 매 순간을 충실히 살아가는 것이야말로 삶의 본질이다.

삶은 언젠가 끝이 난다. 그러나 그 끝은 멈춤이 아니라 또 다른 시작이다. 지금 내가 선택하고 행동하는 모든 순간은 사후의 삶으로 이어진다. 그러니 산 자로서의 길 위에서 후회 없는 선택과 의미 있는 삶을 만들어야 한다. 그것이 삶과 죽음을 잇는 다리를 놓는 과정이다.

삶과 죽음의 경계를 넘나드는 전시를 통해 나는 현재를 더욱 진지하게 살아가야 할 이유를 찾았다. 지금 이 순간이 쌓여 내 삶의 그림이 된다. 그러니 내가 걸어갈 산 자의 길 위에, 그리고 언젠가 맞이할 망자의 길 앞에, 후회 없이 살아가기로 다짐한다.

소나기 그 이후

　양평 소나기 마을로 향하는 길은 마치 소설 속으로 들어가
는 여정 같다. 초록빛 논과 잔잔히 흐르는 강물 그리고 길가에
늘어선 나무들 사이를 달리며 황순원의 〈소나기〉를 떠올린다.
소년과 소녀가 함께 걸었던 그 시골길은 어쩌면 이런 모습이
었을까 상상한다. 마을 입구에 다다르니 소설 속 풍경이 눈앞
에 펼쳐지는 듯하다. 개울가의 맑은 물소리, 들꽃이 어우러진
풍경이 마치 소년과 소녀가 지금이라도 모습을 드러낼 것만
같다.

　하늘을 뒤덮은 먹구름을 보며 나는 소년과 소녀의 이야기가
다시금 떠오른다. 소나기는 비처럼 잠시 내렸다가 사라지지

만, 그 여운은 우리 마음 깊숙이 새겨진다. 짧지만 강렬했던 첫사랑 그리고 그 사랑을 품고 살아갈 소년의 미래에 대한 상상이 머릿속에 맴돈다.

짧지만 강렬했던 첫사랑의 기억은 소년의 마음속에서 오래도록 사라지지 않았으리라. 소녀와 함께했던 개울가, 그녀가 던진 하얀 조약돌, 그리고 소나기 속에서 함께 젖었던 그 날의 추억은 소년에게 있어 지울 수 없는 흔적이 되었으리라. 소녀는 이제 그의 곁에 없지만, 소녀와 함께했던 시간은 그의 삶에서 가장 순수하고 따뜻했던 순간으로 남아 있을 것이다.

소나기 마을을 거닐다 보면, 소년과 소녀의 이야기가 마을 곳곳에 녹아 있음을 느낄 수 있다. 작은 나무다리, 개울가의 잔물결, 길가의 돌담은 소설 속 장면을 떠올리게 한다. 나는 이곳에서 소녀가 던졌던 조약돌을 상상하며 소년의 설렘과 소녀의 웃음소리를 소환한다. 어른이 되어가는 소년의 현실은 그가 한때 건넜던 징검다리와 갈꽃을 꺾어주던 순수한 낭만을 허락하지 않았을지도 모른다. 그럼에도 소년의 마음 깊은 곳에는 소녀와 함께했던 사랑의 기억이 언제나 남아 있었으리라. 그 사랑은 세상의 거친 풍파 속에서도 소년을 지탱해 주는 위로가 되었으리라.

〈소나기〉의 소년과 소녀는 우리가 한때 잃어버린 순수함을 상징한다. 우리는 처음에는 그들처럼 순수한 사랑을 품고 살아가지만, 현실의 무게 속에서 점점 그 감정을 잊어버리게 된다. 그러나 순수한 사랑은 소나기처럼 우리의 삶에 잠시 내렸다가 사라지면서도 영원히 지워지지 않는 흔적을 남긴다. 그 사랑은 현실에서 사라진 듯 보이지만, 우리의 마음속에서 계속 연주되고 있다.

치열한 일상에서 스스로만을 위한 삶에 몰두할 때가 많다. 그럴 때면 소년이 소녀를 위해 품었던 순수한 사랑을 떠올린다. 순수한 사랑은 타인을 위한 마음에서 시작되며, 세상을 조금 더 따뜻하게 만드는 힘을 가진다.

세차게 내리던 소나기는 어느덧 그쳤지만, 그 순간의 기억은 오래도록 우리의 삶을 적시며 살아갈 용기를 준다. 소녀가 소년의 삶에 내렸던 짧고도 강렬한 소나기처럼, 우리 모두의 삶에도 그런 사랑이 찾아온다.

소년의 삶에 잠깐 내렸다 간 소나기의 변주곡은 우리의 마음속에서도 계속 연주되고 있다. 나 역시 내 삶에 머물다 간 인연이 있다. 예고 없이 찾아와 모든 것을 적시고 흔적을 남긴 채 사라진 소나기 같은 그 사람. 그와 나눈 대화, 함께한 시간은 길지 않았지만, 내 삶에서 잊을 수 없는 한 편의 소나기로 남아있다.

냉혹한 현실 속에서도 누군가를 향한 따뜻한 사랑을 품고 살아가는 것이야말로 인생을 풍요롭게 만드는 길이다. 그것이 첫사랑이든, 지나간 인연이든, 지금 곁에 있는 사람과의 사랑이든, 그 순수한 감정은 우리를 지탱하는 힘이 된다. 때로는 힘들고 고단한 삶 속에서도 우리를 위로하고 다시 앞으로 나아갈 용기를 준다.

소나기의 변주곡은 우리의 삶 속에서 끊임없이 이어지며 새로운 의미와 가치를 일깨운다. 양평 소나기 마을에서 소년과 소녀의 이야기를 생각하며, 순수한 사랑이 우리 삶에 얼마나 큰 위로가 되는지 되새겼다. 이제 나는 소년과 소녀의 사랑을 기억하며 내 삶의 길 위에 내릴 또 다른 소나기를 진심으로 맞이할 준비를 한다.

삶 속에서 사랑과 추억을 담아가는 여정, 그 안에서 우리는 진정한 풍요로움을 찾을 수 있다.

껴묻거리

저녁노을로 곱게 물든 경주 대릉원의 풍경은 황홀하다. 천년의 세월을 지켜온 무덤들은 석양에 걸려 웅장하면서도 고즈넉한 아름다움을 뿜어낸다. 30여 개의 고분이 마치 역사를 속삭이는 듯하다. 능과 능 사이를 잇는 부드러운 곡선이 여인의 품처럼 따스하다. 외형은 소박하지만, 그 속에 담긴 삶은 얼마나 화려했을까. 이 고요한 공간은 시간을 초월한 여행의 시작점이다.

대릉원을 거닐다 보면 천년의 세월을 품은 고분들이 저마다의 이야기를 전하는 듯하다. 신라왕들의 권위와 화려함은 사라졌으나 껴묻거리들이 그들의 삶을 증언하고 있다. 고대인들은 사후세계를 또 다른 삶으로 여겼고, 그 믿음을 껴묻거리에 고스란히 담았다. 껴묻거리는 무덤 속 부장품의 의미를 넘어 그들의 삶과 그 시대 문화와 역사의 기록이다.

신라 천마총에서 발견된 말 그림과 장신구, 마구 같은 유물들은 천 년 전 사람들이 누렸던 삶을 증언한다. 고대인들은 죽음 이후에도 이승의 삶이 저승에서도 이어지기를 바랐고 이를 위해 생전의 물건들을 무덤에 함께 묻었다. 껴묻거리는 그들의 소망과 삶의 흔적을 담아 후대에 전하는 중요한 연결고리이다.

고분을 바라보며 문득 돌아가신 아버님의 몇 점의 유품들이 떠오른다. 낡은 철제 빗, 금반지, 한약 저울 등등, 어디나 있을 것 같은 물건들이지만, 이것들이 아버님의 유품이기에 그분의 삶을 증언하는 껴묻거리다. 어느 날, 아버님은 환갑 때 자식들이 선물했던 금반지를 내 손에 쥐여 주며 반지를 팔아 오라고 하셨다. 그 돈으로 좋아하는 튀밥과 건빵을 사 먹고 싶다고 하셨다. 음식에 제약이 많았던 아버님께 마지막 소박한 기쁨을 주었던 그 반지는 지금도 내 손에 소중히 남아있다.

철제 빗은 늘 주머니에 넣고 다니다가 누군가가 오는 기척이 있으면 꺼내서 머리를 단정히 빗곤 했다. 당뇨를 관리하기 위해 사용하던 한약 저울은 당신의 건강의 보루였다. 이 유품들은 단순히 과거의 물건이 아니라 아버님의 손길과 사랑을 증언하는 기억의 위치였다.

아버님의 손길이 묻은 이 물건들은 나에게 과거로 돌아가는 문이 되어준다. 가끔 유품을 꺼내 보면 아버님의 세심한 손길과 미소가 떠오른다. 경주의 고분 속 껴묻거리가 그 시대를 증언하듯, 아버님의 유품은 내게 아버님의 삶을 증언하며 지난 시간을 돌아보게 한다.

생각에 잠긴다. 나는 어떤 껴묻거리를 남길 수 있을까. 인간은 빈손으로 떠나지만, 남긴 물건들은 우리의 삶을 후대에 증언한다. 그것이 작은 반지든, 낡은 빗이든, 누군가에게 전한 따뜻한 말 한마디든, 그 안에는 우리의 진심과 삶의 흔적이 담긴다.

소중한 기억, 진심으로 이야기하는 공간, 평범한 물건 하나가 세상에 남길 껴묻거리가 될 수 있다. 경주 고분들이 천 년의 시간을 간직하며 그 시대의 숨결을 전하듯 내 삶의 껴묻거리가 누군가의 기억에 남기를 소망한다. 그것이 내가 쓴 글일 수도 있고, 사랑하는 사람들과의 추억일 수도 있고, 함께했던 시간 속에서 느낀 작은 위로와 공감일 수도 있다.

내 삶의 마지막에 남긴 흔적이 사랑과 진심을 담아 전해져 따뜻한 울림이 되기를 바란다. 그래서 그것이 누군가에게 작은 빛이 되기를, 새로운 의미로 피어나기를 희망한다.

3.

용서하기 받아들이기

삶은 완전하지 않다. 하지만

그 불완전함 속에서 빛나는 순간들이 있다. 그리고

그 빛 속에서 우리 스스로를 찾고,

서로를 이해하며 만들어가는 작은 기적이다.

그 기적이 다시 시작될 여정 속에서

계속 이어지길 소망한다.

-본문 중에서

타자의 욕망

프로이트는 "인간의 욕망은 결핍에서 비롯된다."라고 말했다. 인간은 결핍을 채우기 위해 끊임없이 욕망하며 살아간다.

15평 소형 아파트를 장만하고 경차를 구입했던 날 세상을 다 가진 듯 행복했다. 딸이 첫 아르바이트로 사준 지갑을 받고는 내가 세상에서 가장 행복한 엄마라고 생각했다. 그런데 그 충만함은 오래가지 않았다. 하나의 욕망이 채워지면 새로운 욕망이 솟아났다. 끝없는 욕망은 내 마음을 점점 지치게 했다.

어느 날 보게 된 TV 드라마 속 여자가 명품 가방을 들고 우아하게 걸어간다. 대학 강의를 마친 후 벤츠를 타고 자신의 펜트하우스로 향하는 그녀를 보며 나도 모르게 동일화된다.

그녀가 가진 부와 지위, 화려한 일상이 내 안의 욕망을 자극했다.

르네 지라르의 말처럼 욕망은 타인을 모방하는 과정에서 형성된다. 내가 욕망하는 것은 단순히 명품 가방이나 화려한 펜트하우스가 아니다. 그것을 소유한 여자의 모습을 닮고 싶어하는 내면의 욕망인지 모른다. 라캉은 이를 '타자의 욕망'이라 부르며, 우리가 원하는 것이 사실은 타인의 시선에서 비롯된 것임을 지적했다. 내 욕망이라 믿었던 것들이 사실은 타인의 욕망일 수도 있다는 말이다.

욕망은 신기루와 같다. 하나를 이루면 또 다른 욕망이 나타난다. 더 나은 것을 원하고 더 많은 것을 가지려 하며 그 과정에서 점점 더 피로해진다. 나를 둘러싼 타인의 시선과 사회적 기준은 끊임없이 더 많은 것을 추구하라고 속삭인다. 그러나 그 끝없는 갈망 속에서 내가 느끼는 것은 충족이 아니라 공허감이다. 어쩌면 내 스스로의 욕망이라고 생각했던 것들이 사실은 타인에 의해 주입된 것일 수도 있다. 이타적인 삶을 살고자 하는 마음도, 미니멀리즘을 추구하는 것도, 심지어 헛된 욕망에서 벗어나려는 노력조차도 또 다른 타자의 욕망에서 비롯된 것일지도 모른다.

그런데 욕망이 반드시 부정적인 것만은 아니다. 욕망은 더 나은 내일을 꿈꾸게 하고 자신을 성장시키는 원동력이 되기도 한다. 중요한 것은 욕망에 자신을 잃지 않는 것이다. 욕망을 의식적으로 바라보며 나만의 방향을 설정해야 한다. 물질적 소유가 아닌 마음의 평안을 추구하며, 외부의 기준이 아닌 나만의 삶의 방식을 만들어가야 한다.

이제는 TV 속 여인의 삶에 눈길을 두면서도, 그것이 나와 다르다는 사실을 받아들이는 나이가 되었다. 그녀의 삶이 아무리 화려해 보여도 그것은 타자의 삶일 뿐이다. 나만의 삶에도 고유한 아름다움이 있다. 그래서 타인의 욕망을 모방하기보다 내 마음의 소리에 귀 기울이며 나만의 풍경을 그리기로 했다.

욕망의 바람은 오늘도 그리고 다가올 미래에도 여전히 불어올 것이다. 그러나 그 바람 속에서도 흔들리지 않는 나무처럼 나만의 뿌리를 깊이 내리려 한다. 욕망은 삶을 흔들리게 하지만 그 안에서 나만의 길을 찾는 것이 진정한 나를 찾는 길이며, 영원한 자유를 향한 첫걸음이다.

내 안에 깃든 작은 신념의 씨앗이 희망으로 피어나도록 마음의 근육을 키워야겠다. 타인의 시선이 아닌 나 스스로가 주체인 삶을 위하여, 중심을 잃지 않고 내 삶의 방향을 스스로 선택하며 살아야겠다.

욕망의 굴레를 넘어 나만의 이야기를 써야겠다.

나를 찾아가는 여행

– 인생 그래프 위의 치유 –

8주 동안의 여행이 시작되었다. 장애인 복지관 수강생들과 떠나는 '나를 찾아가는 여행'이다. 이 프로그램은 단순한 강의가 아니다. 그것은 과거의 나를 되돌아보고 현재의 자신을 발견하여 보다 나은 미래를 찾아 떠나는 여정이다.

오늘도 복지관으로 향하며 묘한 긴장감과 설렘이 교차한다. 강의마다 느껴지는 이 긴장감은 익숙하면서도 묵직하다. 수강생들의 사연은 전혀 가볍지 않다. 그들의 삶은 고통과 희망이 교차하는 생생한 기록이기 때문이다.

오늘의 주제는 '인생 그래프'를 그리는 일이다. 자신의 삶을 한눈에 담아내는 작업은 많은 것을 요구한다. 강의실이 평소

보다 차분하고 무거운 분위기로 가득하다. 나는 조용한 음악을 튼다. 음악은 마음의 문을 열고 억눌려 있던 감정을 떠오르게 하는 힘이 있다. 수강생들에게 눈을 감고 명상의 시간을 갖도록 한다. 조용히 눈을 감은 채 수강생들이 지나온 삶의 순간들을 더듬는다. 그들의 기억 속에는 기쁨과 희망뿐만 아니라 깊은 슬픔과 아픔, 고통과 좌절도 있다. 짧은 시간이었지만 그들이 돌아본 삶은 무겁다.

"이제 여러분의 인생 그래프를 그려봅시다."

나는 그들의 삶에서 가장 행복했던 순간 다섯 가지, 그리고 가장 힘들었던 순간 다섯 가지를 떠올려보라고 했다. 이 작업은 단순히 과거를 되돌아보는 데 그치지 않는다. 그것은 자신의 인생과 정면으로 마주하며 기쁨과 슬픔, 성공과 실패를 곱씹어 보는 시간이다.

수강생들이 하나씩 이어가는 인생 곡선은 단순한 선이 아니었다. 선 속에는 좌절의 깊이와 희망의 높낮이가 담겨 있었다. 누구에게나 굴곡은 있다. 삶은 그런 굴곡 속에서 고통을 경험하지만 바로 그 고통이 때로는 성장을 끌어낸다. 인생 그래프는 수강생들의 생존과 회복의 흔적을 고스란히 보여주는 또 다른 초상화다.

발표가 시작되었다. 몇몇 수강생들은 담담하게 자신의 삶을 이야기했다. 마치 누군가의 인생을 들려주듯 평온한 목소리로 굴곡진 삶의 이야기를 풀어내는 모습이 인상적이었다. 그러나 모든 수강생이 그런 것은 아니었다. 힘들게 이야기를 꺼낸 한 수강생은 발표 도중 끝내 울음을 터뜨리고 말았다. 그가 흘린 눈물 속에는 오랜 시간 혼자 견뎌야 했던 슬픔과 고통이 고스란히 담겨 있었다. 그 울음은 단순한 감정의 발로가 아니었다. 참아왔던 마음의 짐을 내려놓는 순간이었다. 그 장면을 지켜보며 나와 다른 수강생들은 깊이 공감했고 함께 아파했다. 그 울음은 치유의 시작이었다.

장애는 누구에게나 닥칠 수 있다. 수강생들의 이야기는 우리의 이야기가 될 수 있다. 사고는 예고 없이 찾아오기도 하고, 나이가 들면 누구나 정신과 신체가 약해지기 마련이다. 이들은 신체적 불편함 속에서도 끊임없이 자신을 찾고 어떻게 살아갈 것인지 고민한다.

'나는 누구인가?'

'어떻게 살아야 하는가?'

'무엇이 나에게 필요한가?'

이 질문은 누구에게나 중요한 물음이지만, 인생이라는 여행의 동행자들에게는 그 답이 더욱 절실하다. 그것이 수강생들이 이 프로그램, '나를 찾아가는 여정'에 참여한 이유이다.

프로그램이 진행될수록 수강생들에게 '나는 무엇을 줄 수 있을까? 무엇으로 그들의 삶에 의미를 더할 수 있을까?'라는 생각으로 마음이 무거워진다. 나의 역할은 그분들의 삶을 바꾸는 것이 아니다. 스스로 자신의 삶을 직면하고 그 안에서 의미를 찾을 수 있도록 돕는 것이다. 이야기를 들어주고 공감하며 함께 아파하고 기뻐하는 것이다. '나를 찾는 여행' 과정에서 수강생들이 가지고 있는 무한한 힘과 아름다움을 발견하도록 이끄는 것 그것이 나의 소명이다. 그 작은 연결로부터 치유가 시작되기 때문이다.

우리는 모두 각자의 길을 걷고 있다. 때로는 거친 파도에 부딪치기도 하고, 희미한 갈림길에서 방황하기도 한다. 하지만 그 길 위에서 우리는 스스로를 발견하고 자신의 존재를 새롭게 정의할 기회도 얻는다. '나를 찾아가는 여정'은 결코 쉽지 않다. 하지만 그 여정 속에서 우리는 단단해지고 더 깊은 성찰로 치유에 이를 것이다.

'나를 찾아가는 여행'을 마친 수강생들의 얼굴이 한결 가벼워 보인다. 울음을 터뜨렸던 수강생도 조용히 미소를 짓는다.

그동안 누구에게도 말하지 못했던 사연을 털어놓은 수강생도 표정이 편안해 보인다. 91세 어르신은 자신이 헤쳐 온 삶을 대견하게 여기게 되면서 그 자존감이 최고다.

나의 이 강의가 지향하는 점이 바로 여기에 있다. 수강생들이 자신의 삶을 더 깊이 이해하고 그 과정에서 작게나마 치유를 받도록 돕는 일이다. 그들의 여정에 함께한 오늘은 내게도 대단히 의미 있는 시간이 되었다.

삶의 굴곡 속에서 우리는 아픔을 배우고 그 아픔을 통해 성장한다. 인생 그래프는 우리의 고통과 회복을 이야기한다. 오늘 수강생들이 그린 인생 그래프는 치유와 회복을 향한 첫걸음이다. 프로그램이 끝나면 동아리를 만들자는 의견이 나왔다. 나도 그들과 동행하리라 마음을 더해본다.

삶은 완전하지 않다. 하지만 그 불완전함 속에서 빛나는 순간들이 있다. 그 빛 속에서 우리 스스로를 찾고, 서로를 이해하며 인생을 만들어 가면 작은 기적이 일어난다. 그 기적이 다시 시작될 여정 속에서도 계속 이어지길 소망한다.

혐오스러운 마츠코

    세 번이나 자신의 인생이 끝났다고 말하는 여자가 있다. 그녀의 이름은 마츠코. 허름한 옷차림으로 한적한 공원에서 중학생들에게 맞아 생을 마감한 그녀의 삶은 겉보기에 비극으로 가득 차 있다. 그러나 우리는 그녀의 삶을 단순히 실패로 규정할 수 있을까. 나는 그녀의 삶 속에서 고통을 넘어서는 사랑과 치유의 가능성을 본다.

    마츠코의 어린 시절은 사랑의 부재와 외로움으로 가득 차 있다. 그녀는 아버지의 사랑을 갈구하며 온갖 노력을 기울였지만, 아버지의 관심은 몸이 약한 동생 쿠미에게로만 향한다. 사랑받고자 우스꽝스러운 표정을 짓고, 기대에 부응하기 위해 자신을 희생했던 마츠코, 그러나 그녀의 노력은 번번이 외면 당한다. 그녀의 어린 시절에 자리 잡은 이 결핍은 평생 그녀의 삶을 지배한다. 마츠코는 이를 채우기 위해 누군가의 사랑을 갈망하며 한없이 부서지고 또 부서진다.

중학교 교사였던 마츠코는 제자의 잘못을 대신 떠안고 학교에서 쫓겨난 후, 가족에게마저 버림받으며 혼자가 된다. 이후 그녀는 폭력적이고 배신하는 남자들에게 헌신하며 자신을 소진하는 삶을 산다. "맞는다 해도 외로운 것보다는 나아."라는 마츠코, 외로움이 사랑받지 못하는 고통보다 더 두렵다는 절박한 욕망을 드러낸다. 그러나 마츠코는 점점 자신을 잃어 간다.

그녀의 삶은 다른 누군가의 욕망을 채우기 위해 존재하는 듯하다. 마츠코는 사랑을 갈구했지만 정작 자신은 사랑받기보다는 사랑을 주는 데 익숙하다. 그녀의 헌신은 때로는 어리석어 보일지 모르지만, 그 속에는 인간 존재의 근원적인 갈망이 담겨 있다.

영화 속 마츠코는 때로는 도덕적으로 타락한 삶을 살고 육체적 쾌락의 대상이 되기도 한다. 그러나 그녀의 삶을 혐오스럽다고 단정 짓기엔 그녀가 보여준 사랑의 본질이 너무나 강렬하다. 그녀는 타인에게 아낌없이 사랑을 준다. 설령 그것이 그녀에게 돌아오지 않더라도 그녀는 사랑을 멈추지 않는다. 그녀의 사랑은 실패로 보일지 모르지만, 그 속에는 상처받은 인간의 순수한 열망과 치유의 가능성이 담겨 있다.

우리가 평생 갈구하는 것이 타인으로부터의 사랑이라면, 마츠코는 사랑을 받기보다는 주는 사람이다. 그녀의 여정은 실패라기보다는 사랑을 통해 자신을 치유하려 했던 몸부림이다. 그녀의 삶은 비극적이지만, 그 속에는 치유와 회복을 향한 열망이 있다.

영화의 마지막 장면에서 마츠코는 죽음 이후 긴 계단을 올라간다. 구원의 계단이다. 그 계단 끝에서 그녀를 기다리는 이는 평생 그녀의 마음을 채우지 못했던 아버지와 동생 쿠미다. 아버지는 그녀를 향해 미소를 지으며 "어서 와"라고 말하고, 쿠미 역시 밝은 얼굴로 그녀를 맞이한다. 마츠코는 그제야 "다녀왔어"라고 화답한다.

이 장면은 그녀가 평생 찾아 헤맸던 것이 단지 남자의 사랑이나 물질적 안락함이 아니었음을 보여준다. 그녀가 진정으로 원했던 것은 가족의 인정과 화해였다. 그녀의 죽음은 단순한 비극이 아니라, 그녀가 그토록 갈구했던 사랑을 마침내 얻은 순간이다. 그 순간, 그녀는 비로소 자신을 치유 받는다.

마츠코의 삶을 바라보며 우리는 그녀의 선택을 비난하거나 동정하기에 앞서 스스로에게 질문을 던지게 된다.

"우리는 사랑을 통해 얼마나 성숙해지고 치유될 수 있는가?"

그녀의 인생은 우리가 느끼는 욕망의 본질을 투영하며 사랑의 주고받음 속에서 우리가 얻는 성장과 치유의 의미를 생각하게 한다.

마츠코의 여정은 비극적이었지만 그녀가 마지막으로 오르는 계단은 그녀를 구원으로 이끄는 길이다. 그녀의 삶은 사랑을 통해 스스로를 치유하려 했던 고통스러운 과정이고, 그녀의 죽음은 그 여정의 끝에서 용서와 화해를 이루는 순간이다. 그녀는 혼자였지만 결국 가족과 함께 치유의 순간을 맞이한다. 용서와 화해는 혼자가 아닌 함께할 때 비로소 이루어진다는 것을 그녀의 이야기에서 발견한다.

마츠코의 삶은 내게 사랑의 본질을 다시금 생각하게 한다. 그녀는 상처투성이의 삶 속에서도 끊임없이 사랑을 주며 스스로를 치유하려 했고 결국 그 사랑은 그녀를 구원으로 인도한다. 나는 그녀의 삶의 여정을 통해 사랑을 주고받는 하나의 방식을 알게 된다.

    삶은 비록 고통스러울지라도, 그 끝에서 우리는 치유와 화해의 가능성을 발견할 수 있다. 그것이 마츠코가 내게 남긴 가장 큰 메시지다.

예쁜 치매 미운 치매

　전화를 받았다. 한 친구가 시어머님 상을 당했으니, 저녁에 영안실에서 만나자고 했다. 친구의 시어머님은 오랫동안 치매로 고생하시다 돌아가셨다. 가족들의 마음고생이 여간 아니었다.

　조문을 마치고 영안실에서 만난 친구들과 찻집에 들렀다. 고등학교 시절 제법 똑똑했던 친구들이었는데 이제 건망증이 심해졌다며 걱정들이다. 건망증으로 인해 벌어진 에피소드를 나누며 웃다가 결국 이야기는 치매로 이어졌다. 치매에 걸리면 '보이고 싶지 않은 나'를 드러내며 가족에게 짐이 될 수도 있다면서 그렇게 안 되었으면 좋겠다고들 한다.

치매의 증상은 평소 삶의 모습과 연결된다. 시아버님도 돌아가시기 전 치매를 앓으셨다. 특히 먹는 것에 집착하셨는데 유품을 정리하며 발견한 음식 보따리들이 그 흔적을 말해준다. 당뇨로 드시고 싶은 것을 마음껏 드시지 못했던 한이 되셨는지 음식을 서랍 속 구석구석에 숨겨 두셨다.

친구의 시어머님도 치매였는데 집문서와 통장을 엉뚱한 곳에 숨기고 부동산에 가서 집을 내놓겠다고 하고, 은행에서 돈을 찾았다가 다시 저금하는 일을 반복했다고 한다. 그분은 평생 집안의 경제를 책임진 분이었다. 치매로 인해 평생 억눌렀던 감정이 표출된 것이리라.

요양원에서 동화를 활용한 이야기 치료 강의를 한 적이 있다. 처음엔 치매 어르신들 앞에 서는 것이 두려웠다. 감정이 사라진 듯한 무표정, 반응 없는 시선, 느닷없는 행동은 내게 큰 도전이었다. 하지만 차츰 깨달았다. 어르신들의 표정과 행동은 감정의 뚜껑이 열려 본능과 무의식의 잔재들이 드러나는 결과였다. 치매는 평생 억눌렸던 감정들이 통제의 브레이크를 잃고 분출되는 과정일지도 모른다.

사람은 누구나 무의식 속에 긍정의 기억과 부정의 기억을 품고 산다. 치매는 그 무의식의 문을 열어주고 마음에 남아 있는 감정을 그대로 드러내게 한다. 긍정적인 감정은 '예쁜 마음으로'로, 부정적인 감정은 '미운 거울'로 나타난다.

치매에 걸리면 내가 평소 쌓아온 감정들이 드러난다. 감사와 기쁨, 평온이 내 안에 많다면 그것이 행동으로 나타날 것이다. 반대로 억울함, 분노, 두려움 같은 부정적인 감정이 있다면, 그 역시 여과 없이 표출될 것이다. 내가 오늘 치매에 걸린다면 나는 어떤 모습을 보일까 두려움이 앞서는 것도 사실이다. 그래서 수시로 '내 안의 나'를 들여다봐야 할 것 같다.

"아, 내가 이런 공격성이 있었구나."
"이런 화가 쌓여 있었네."
"이런 억울함이 남아 있었네."

이런 부정적인 감정을 수시로 털어내기로 했다. 미운 감정들을 비우고 그 자리에 감사의 마음을 채워야겠다. 설령 치매에 걸리더라도 감사와 긍정의 신경망이 두껍게 쌓여 있다면, 나는 물론 타인을 힘들게 하는 일이 조금은 덜어지지 않을까 싶다.

치매를 예방하거나 늦추는 방법으로 우리는 신체 건강을 강조하지만 정신적 준비도 중요하다. 평소 감사와 긍정을 실천하며 삶의 작은 기쁨에 집중해야 한다. 감사하는 습관은 우리의 신경망을 변화시키고 긍정적인 사고를 강화한다. 이는 단순히 치매를 대비하는 것을 넘어 지금, 이 순간 더 나은 삶을 살게 할 것이다.

스트레스와 불안한 생활 습관이 만연한 현대 사회에서 치매는 반드시 나이 들어서만 오는 병이 아니다. 내 삶을 돌아보고 어떤 일상을 보내야 할지 생각하게 된다.

그 실천의 하나로 감사 일기장을 마련했다. 감사는 나를 지키는 보험과도 같다. 일기장에 의식이 흐르는 대로 감사한 일을 적는다. 그리고 스스로에게 다짐한다. 지금부터라도 작은 일에 감사하며 살아가자고. 감사를 자주 느끼고 표현하면, 그 감사의 습관이 나의 신경망에 남을 것이라고.

치매 어르신들을 보며, 나는 삶의 축복을 다시 생각한다. 그들의 삶은 고통스럽고 때로는 힘겨웠겠지만, 그 속에도 분명 빛나는 순간들이 있을 것이다. 지금부터라도 내 삶의 앙금을 덜어내고 감사와 행복으로 채워가야겠다. 치매가 나를 덮칠지라도 나의 마지막 모습이 '예쁜 치매'로 기억되길 바라는 마음에서이다.

내 마음의 완충지대

　얼마 전 이천에서 강의를 마치고 주차장에서 작은 접촉 사고가 났다. 지하 주차장으로 진입하던 차와 충돌했다. 다행히 차체 손상은 크지 않았다. 하지만 청주까지 가야 했기에 혹시 중간에 발생할지 모를 문제를 확인하려 카센터부터 들렀다. 카센터로 가는 도중에도 덜거덕거리는 소리가 이어졌다. 내 마음까지도 덜컹거리는 것 같았다.

　앞바퀴의 물받이가 깨져서 난 소리였다. 카센터 사장님이 물받이는 비 오는 날 물이 사방으로 튀는 것을 막아주는 장치로, 작은 역할처럼 보이지만 없으면 큰 문제가 될 수 있다고 했다. 그 틈이 더 커지기 전에 발견한 것이 다행이었다. 그러고 보니 차체와 물받이 사이의 완충 공간 덕에 더 큰 손상을 막을 수 있었다. 그 작은 틈에서 내 마음을 보았다. 내 삶에도 분명히 이러한 작은 균열들이 있었고 그것이 나를 흔들고 있었다.

우리의 삶은 수많은 충돌과 균열로 이루어진다. 크고 작은 사건들이 나를 흔들고 균형을 잃게 한다. 마음의 평정을 잃으면 일상의 소음들이 더 크게 들려오고, 그것으로 인해 점점 더 쉽게 지치고 상처받는다. 나는 이런 충돌의 순간마다 단단해져야 한다고 다짐하지만 쉽지 않았다. 사실 필요한 것은 나를 지켜줄 작은 완충지대였다.

우리는 종종 가까운 사람들과의 관계에서 더 많은 충돌과 오해를 겪는다. 가까이 있을수록 기대는 커지고 오해와 갈등은 더 깊어진다. 나는 그러한 관계 속에서 스스로를 지키는 완충지대를 마련하지 못한 채 아파하고 소진되곤 했다. 마음의 물받이가 깨질 때마다 그 덜거덕거리는 소리를 들었다. 그것이 나를 더 흔들고 불안하게 했다.

완충지대란 나와 세상의 간격을 만들어주는 여유다. 물리적 거리일 수도 있고, 내면의 시간을 만드는 것일 수도 있다. 나는 오랫동안 완충지대 없는 삶을 살았다. 일에 몰두하고 관계를 유지하며 끊임없이 달려갔다. 그러다 보니 나를 위한 시간은 점점 사라지고, 결국 마음의 균열이 커질 때까지 멈추지 못했다. 멈춘 순간에서야 나는 깨달았다. 삶에서 중요한 것은 속도가 아니라 나를 지켜주는 완충지대라는 사실을.

그 이후로 내 삶 속에 완충지대를 만들기 시작했다. 차 한 잔을 마시며 음악을 듣는 시간, 책을 읽고 글을 쓰는 순간, 사랑하는 사람들과 조용히 걷는 시간들이 모두 완충지대가 되었다. 음악회나 전시회장에서 느끼는 여유, 화초를 돌보며 얻는 마음의 안정, 그림을 그리는 순간의 몰입은 나를 위한 보호막이 되었다. 내가 만든 완충지대는 내 삶을 지켜주는 평화의 자리였다.

삶은 끊임없이 속도를 요구한다. 완충지대 없이 달리다 보면 결국 속도에 휘말려 무너지고 만다. 마음의 여백이 없으면 세상의 소음이 더 크게 들리고 작은 충돌에도 쉽게 무너진다. 그래서 나는 더는 무작정 달리지 않으려 한다. 나만의 완충지대를 충분히 유지하며 마음의 물받이를 든든히 채우려 한다.

완충지대가 있는 삶은 단단하면서도 유연하다. 그것은 나를 위한 공간일 뿐 아니라, 나를 다시 시작할 힘을 주는 쉼의 자리다. 오늘도 그 완충지대에서 나를 돌보고 새로운 시작을 준비한다. 각박한 삶 속에 지친 이들에게도 완충지대를 만들어 보라고 권하고 싶다. 그곳에서 쉼과 희망을 찾길 바란다. 자동차의 물받이 같은 작은 완충지대가 삶을 지켜주는 중요한 장치가 되니까.

완충지대는 스스로 만드는 것이다. 그것은 성공을 향한 질주를 잠시 멈추고 나를 위한 공간을 만들어주는 일이다. 서로를 들여다보고, 마음에 여백을 마련하며, 누군가를 위한 자리를 준비하는 모든 것이 완충지대가 된다. 그곳은 삶을 지탱하는 공간이자 새로운 희망을 품는 장소가 된다.

내 마음에도 완충지대를 수시로 만들어 갈 참이다. 삶의 속도를 조율하고, 내가 나아갈 힘을 얻기 위해서다. 그곳에서 비로소 삶의 진정한 의미와 아름다움을 발견하며 우아하게 나이 들고 싶어서이다.

지금 이 순간, 당신만의 완충지대를 찾아보길 바란다. 그곳에서 삶의 쉼과 새로운 시작을 경험하게 될 것이다.

4.

내려놓기 새로 담기

길 위의 역사는

단순한 과거가 아니라

현재와 미래를

밝히는 빛이다.

−본문 중에서

삶의 은유

'길 위의 아카데미' 네 번째 동행이다. 상당구청을 출발해 무심천을 따라 여러 다리를 지나는 코스다. 이 길의 산책길은 내 삶을 되돌아보는 시간이기도 하다.

겨울나무들이 잎을 떨군 채 추위를 견디며 봄을 준비하고 있다. 둥지가 잘려 나간 아카시아와 지난여름 그늘을 만들어 주던 버드나무가 덩그러니 서 있다. 이들은 꽃을 피우고 열매를 맺을 그 날을 위해 인내하는 중이다. 자연의 순리이리라. 삶을 견디며 앞으로 나아가는 것, 자연이 우리에게 가르쳐주는 삶의 지혜이다.

갈대밭에서 "인간은 생각하는 갈대"라는 파스칼의 말을 떠올린다. 갈대는 바람에 흔들리지만 본래의 자리로 돌아온다. 매서운 겨울을 인내하며 어린싹을 준비하는 갈대는 그 자체로 위대하다. 갈대가 보여주는 유연함과 강인함은 어쩌면 인간이 추구해야 할 삶의 방식일지 모른다. 나에게도 이 갈대 같은 유연함과 강인함도 필요하리라. 그래야 삶의 풍파에 흔들리더라도 중심을 잃지 않고 살리라.

개구리다리에 다다랐을 무렵 시우 선생님의 이야기를 듣는다. 어느 장마철 무심천이 불어났을 때다. 다리 중간쯤에서 만난 개구리가 잠시 시우 선생님을 바라보다가 다시 물속으로 사라졌다. 시우 선생님은 그 후 이 다리를 '개구리다리'라 부른다고 했다. 그 개구리는 지금도 시우 선생님 상상 속 어디쯤에서 살고 있는 것이다. 잊었다고 생각한 것이 마음속 어딘가에 남아있는 기억처럼 말이다. 그 개구리는 단순한 추억이 아니라 시우 선생님이 소중히 여기는 감정의 상징이다.

장평교를 지나 퐁네프다리에 도착했다. 퐁네프다리는 사랑의 은유를 품고 있다. 대청호에서 무심천으로 흘러 들어오는 맑은 물길보다 더 아름다운 것은 다리 위에 앉아 있던 한 아가씨였다. 시우 선생님은 영화 〈퐁네프 연인들〉에서 연인들이 사랑을 속삭이듯 보이는 그 장면을 떠올리며 이 다리를 '퐁네프다리'라고 했다. 그 아가씨는 시우 선생님의 마음속에 남은 하나의 은유적 장면이다.

대성당다리를 건넜다. 시우 선생님이 처음 이곳을 보았을 때 돌탑이 여러 개 있었다고 한다. 돌탑은 누군가의 소망을 담은, 누군가의 삶의 목표와 꿈을 대변하는 상징적 구조물이다. 이 다리도 시우 선생님의 은유적 상상에서 비롯된 이름이다. 나도 대성당다리를 건너며 작은 소망을 하나하나 마음에 쌓았다.

개구리다리, 퐁네프다리, 대성당다리. 시우 선생님의 상상과 은유에서 나온 이름이다. 은유란 한 개념을 설명하거나 전달하기 위해 다른 개념에 빗대어 표현하는 것이다. 시우 선생님은 무심천을 따라 걷는 동안 만난 다리들을 통해 자신의 내면세계를 투영하고 그곳에 은유적 이름을 붙였다. 그 다리들은 단순한 물리적 구조물이 아니라, 삶 속에서 자신이 겪은 사건과 감정들이 덧씌워진 상징들이다.

은유는 초현실적이고 공상적이지만 그 속에는 진실이 담겨 있다. 시우 선생님이 다리 이름을 지은 이유를 들으면 우리는 자연스레 고개를 끄덕이게 된다. 그것이 은유의 힘이다. 현실의 사물과 사건을 내면의 감정과 상상 속에서 재해석하는 것이다. 은유는 사소한 것들을 새롭게 보게 하고, 그 안에 담긴 의미를 발견하게 한다.

은유는 일상에서 놓치기 쉬운 것들을 다시 찾아 새로운 의미를 부여 한다. 시우 선생님의 상상력으로 탄생한 다리의 이름은 우리의 감정과 경험이 어떻게 현실을 재구성하는지를 알게 한다. 길 위에서 생각을 비우고 다시 새로운 생각을 담는 과정이야말로 은유의 힘이 발휘되는 순간이다. 은유는 내 감정을 들여다보고 또 다른 나를 마주하게 만든다.

삶의 은유는 부정적인 감정을 긍정으로, 평범한 일상을 특별한 순간으로 바꿀 힘이 있다. 우리는 종종 자기 내면과 마주하며 갈등을 겪는다. 그 과정에서 우리의 자아는 끊임없이 자기 자신과 타협하며 새로운 결정을 내린다. 이때 은유는 그러한 결정을 내리는 데 힘을 준다.

은유나 상징을 나의 감정을 쏟아내는 하나의 장치로 장착해 본다. 남편을 '인생의 동반자'로, 친구를 '소울메이트'로, 자식을 소중한 보물로, 평범한 하루를 '특별한 하루'로, 욕망에 휘둘리는 나를 '욕망을 통제하는 나'로 바꾸어 본다.

은유는 진정한 나를 마주하게 해주고 내면의 깊이를 깨닫게 해 주는 나의 치유제가 된다. 사회가 용인하지 않는 욕망이나 드러내기 어려운 감정들도 은유를 통해 자유롭게 표현할 수 있으니까.

무심천을 따라 걸으며 나의 삶을 새롭게 정의해 본다.

삶의 은유로.

가을빛에 물든 마이산, 문화와 삶을 잇다

✧

2024년 가을, 청주문화원 회원들은 전북 마이산 일원으로 문화유적 답사를 떠났다. 청주문화원은 우리 문화유산의 가치를 재조명하고, 이를 통해 회원 간의 유대감을 더욱 강화하고자 다양한 활동을 펼치고 있다. 이번 답사는 한국의 자연과 문화유산을 직접 체험하며 우리 문화의 아름다움과 소중함을 깨닫고 회원들 간의 정을 나누며 친목을 다지고자 기획된 뜻깊은 자리였다.

청주문화원 회원들은 아침 일찍 문화원에 모여 버스에 올랐다. 차가 출발하자 창밖으로 청주의 익숙한 거리 풍경이 지나갔다.

"오늘 하루 마음껏 배우고 느끼며 서로의 이야기에 귀를 기울이는 시간을 만들어 봅시다."

원장님이 환한 미소로 인사말을 하며 이번 답사야말로 서로의 삶과 문화를 나누는 소중한 시간임을 강조했다. 원장님의 인사말이 끝나고 회원들이 돌아가며 자기소개를 시작했다.

어떤 회원은 판소리를, 또 다른 회원은 하모니카 연주를 선보이며 자신만의 특기를 뽐냈다. 차 안은 금세 웃음과 박수가 가득 찼다.

멀리 보이는 마이산을 배경으로 회원들 간의 거리가 한층 가까워졌다. 한 사람 한 사람의 이야기는 차 안을 따뜻한 온기로 가득 채웠다.

첫 답사지는 자연과 전설이 만난 신비의 공간 마이산이었다. '말의 귀처럼 생긴 산'이라는 뜻의 이름처럼, 하늘로 솟은 두 봉우리는 멀리서부터 웅장한 자태를 뽐내고 있다. 마이산의 바람은 가을 향기를 머금고, 주위의 나무들은 붉은빛과 황금빛 단풍으로 물들어 있다. 회원들은 산을 오르며 길가에 핀 야생화를 살펴보고 바스락거리는 낙엽 소리를 들으며 자연의 생동감을 온몸으로 느꼈다.

돌탑은 마이산의 또 다른 신비를 보여주었다. 이갑용 도사가 수십 년간 정성으로 쌓아 올린 80여 개의 돌탑은 마치 자연과 사람이 협력해 만든 거대한 예술 작품 같았다. 높고 낮은 돌탑 하나하나가 각기 다른 이야기를 담고 있는 듯했다. 돌을 쌓으며 간절히 빌었을 누군가의 마음이 지금도 그대로 전해지는 듯 경외심을 불러일으켰다.

다음으로 은수사를 방문했다. 은수사는 이름 그대로 '은혜의 물'이라는 뜻을 지닌 사찰로 조선 태조 이성계가 이곳에서 전쟁 승리를 기원했다는 전설이 있다. 사찰 마당에 들어서자 고요한 풍경이 회원들의 발걸음을 멈추게 했다. 맑은 샘물이 졸졸 흐르는 소리는 마음을 차분히 갈아 앉게 했다. 고풍스러운 단청이 돋보이는 대웅전 앞에서 회원들은 조용히 소원을 빌며 자신만의 염원을 속삭였다. 평화와 위안이 가득한 쉼(休)의 시간이었다.

점심 식사시간이다. 바비큐와 산채비빔밥이 풍성하게 준비된 자리에서 회원들은 서로의 건강과 행복을 축복하며 건배사를 나누었다. 따뜻한 음식과 가을의 정취가 어우러진 식탁에서 회원들 간 담소를 나누며 정은 더욱 깊어졌다. 가을 하늘 아래 나눈 식사 시간은 단순한 끼니를 넘어 서로를 이해하고 축복하는 시간이 되었다.

점심 식사 후 두 번째 답사지는 전북 진안의 다양한 박물관이었다. 첫 번째로 방문한 명인명품관에서는 지역 장인들의 전통 공예품이 전시되어 있었다. 섬세하고 정교하게 제작된 공예품들을 보며 회원들은 한국 전통의 아름다움과 장인정신의 가치를 새롭게 느꼈다.

　이어 방문한 가위박물관은 세계에서 유일한 테마 박물관으로, 회원들에게 신선한 놀라움을 주었다. 각 시대와 지역에 따라 다양한 형태로 변화해 온 가위는 단순한 도구 이상의 의미를 담고 있었다. 가위의 변화는 문화와 기술의 발전을 그대로 보여주었고 이를 통해 도구에 깃든 삶의 이야기를 발견할 수 있었다.

　마지막으로 방문한 역사박물관에서는 전북 지역의 역사적 사건과 문화를 다룬 유물들이 전시되어 있었다. 해설사의 열정적인 설명을 들으며 회원들은 역사의 깊이와 문화유산의 중요성을 새삼 깨달았다.

　즐거운 답사를 마치고 돌아오는 길, 회원들은 즉흥적으로 노래자랑을 시작했다. 가을 하늘처럼 청명한 목소리와 열정적인 무대는 모두의 얼굴에 웃음을 가져왔다. 서로의 재능을 발견하며 박수와 환호가 이어졌다.

버스 안의 흥겨운 분위기 속에서, 문득 시인 공광규의 시 ≪아름다운 책≫의 구절이 떠올랐다. 답사에 오른 모든 회원의 삶은 한 권의 아름다운 책과 같았다. 오가는 길 다양한 삶을 한 장 한 장 넘겼다. 그 책 속에 또 하나의 소중한 페이지를 새겼다.

이번 청주문화원의 추계 답사는 자연과 역사, 사람의 인연이 어우러진 소중한 여정이었다. 마이산 돌탑과 은수사에서 만난 신비로움, 명인명품관과 가위박물관에서 발견한 전통의 아름다움, 역사박물관에서 느낀 우리의 뿌리에 대한 자부심은 단순한 지식 이상의 가치를 선사했다.

이 날의 답사는 회원들 간의 유대를 강화하고 각자의 삶에 새로운 의미를 부여한 하루였다. 이러한 만남과 경험이 이어져 우리의 삶은 더욱 풍성해질 것이다. 회원들은 다음 답사에서는 또 어떤 이야기가 우리의 책 속에 아름다운 한 페이지로 더해질지 기대하며, 서로의 건강과 행복을 기원하며 일정을 마무리했다.

한국 문화의 아름다움과 사람 간의 따뜻한 연결을 다시금 새긴 특별한 하루였다.

여유[休]와 치유가 있는 신항서원

길 위에서 역사를 마주하는 경험은 우리에게 새로운 시각과 깊이를 선물한다. 고대 로마의 '비아 아피아'를 걸으면 로마 제국의 숨결을 느낄 수 있고, '실크로드'를 따라 걸으면 동서양 문명의 교차점에서 벌어진 수많은 역사의 장면이 떠오른다. 타지마할이나 피라미드를 방문하면 그곳에 담긴 이야기와 문화를 보다 생생하게 체험할 수 있다. 그러나 역사는 굳이 멀리서만 찾아오는 것은 아니다. 가까운 곳에서도 우리의 발걸음과 함께 역사가 흐르고 있음을 깨닫는 순간이 온다. 길 위에서 만난 신항서원이 그러하다.

길은 용정축구공원에서 시작된다. 구름 몇 조각이 떠 있는 청명한 하늘 아래 푸른 나무와 잔디는 마음을 한결 가볍게 한다. 일행과 함께 산길을 돌아 용정저수지와 이정골 마을 그리고 신항서원을 거치는 길을 택한다. 오월의 푸르름 속에서 걷는 그 길은 그저 발을 움직이는 여정이 아닌 마음속 피로를 내려놓고 치유하는 시간이다.

길을 걷다 농가 앞에서 일행이 걸음을 멈추었다. 울타리에 핀 장미는 오월의 자연과 어우러져 눈부시게 아름답다. 농가 앞마당에는 만개한 작약꽃이 고개를 내밀고 있고, 그 옆에는 두 개의 작은 의자가 놓여 있다. 밭에서 일하던 어르신이 환한 미소와 함께 손을 흔들며 인사를 건넸다. 교수님은 그 의자가 농사일에 지친 몸을 쉬게 하고, 지나가는 나그네에게 휴식을 제공하기 위해 만든 공간이라고 설명했다. 허름한 의자, 그 안에 스민 따뜻함과 배려, 너그러움이 무엇보다 내게 큰 울림을 주었다.

저수지를 지나 이정골 마을에 다다른다. 산이 마치 이정골을 품은 듯 아늑하게 자리한 마을로, 옛것과 새것이 자연스럽게 어우러져 상생의 의미를 더한다. 우리는 그 끝자락에 자리한 신항서원에 도착한다. 돌담길을 따라 서원으로 들어서니 여유와 치유의 공간 신항서원이 우리를 맞이한다.

신항서원은 1570년, 청주의 사림 유정곡에 의해 건립되었다. 이곳은 지역 스승을 모시고 제향을 올리며 교육과 여론의 중심 역할을 하던 장소다. 9명의 선현이 모셔져 있으며 이이와 이색을 제외한 7명은 청주 지역의 유학자들이다. 그들의 노고 덕분에 청주가 성리학과 교육의 중심지로 자리 잡았다는 역사적 사실에, 서원을 방문한 우리는 자부심을 느낀다.

신항서원은 임진왜란 때 소실되었으나 1660년에 다시 세워지면서 '신항'이라는 사액을 하사받아 삼남 제일의 서원이 되었다. 이후 흥선대원군의 서원철폐령으로 폐쇄되었지만, 광복 후 복원되어 오늘날까지 그 명맥을 이어오고 있다. 신항서원의 역사 속에서 우리는 유림의 활동과 붕당정치를 이해할 수 있는 귀중한 자료들을 만난다. 송시열이 지었다는 묘정비 앞에서 역사의 무게를 느끼며 그것을 지키고 보존해야 할 우리의 책임을 느낀다.

서원을 나와 다시 이정골 마을을 향하는 길가에 핀 들꽃을 보니 지친 심신이 절로 치유된다. 것대산과 낙가산의 품속에서 꽃핀 자연의 숨결이 우리를 더욱 평온하게 한다. 서원이 주었던 여유와 치유의 에너지가 주변 자연에까지 스며들어 우리를 감싸준다.

길 위에서 역사를 만나고 자연과 하나 되는 이 순간은 나에게 쉼을 통한 치유의 시간을 부여한다.

이번 '길 위의 아카데미'는 단순한 문화유산 답사를 넘어 앎의 즐거움까지 더했다. 문화유산 신항서원을 돌아보며 그 가치와 의미를 새기고 그 속에서 나를 치유하는 힘을 발견한 날이다.

'길 위의 아카데미' 다음 탐방을 향한 기대감은 여전히 내 마음속에서 설렘으로 남는다.

과거 현재 그리고 미래를 잇는 다리

〜

'길 위의 아카데미' 세 번째 답사는 '진천 농다리'이다.

진천의 농다리를 대하니 시간을 초월한 과거와 현재 그리고 미래를 연결하는 상징적인 다리라는 생각이 우선 든다. 인간의 삶과 밀접하게 연결되어 우리가 걸어온 길과 앞으로 나아가야 할 길을 되돌아보게 한다.

이 농다리는 수백 년의 역사를 품고 있다. 선조들은 이 다리를 건너며 삶을 나누고 서로를 배려하며 어려운 시절을 함께 이겨냈을 것이다. 다리의 돌 하나하나에 깃든 그들의 지혜의 손길이 면면히 이어져 오늘날 우리가 누리고 있는 현재의 뿌리가 되었으리라.

농다리를 걸으니 자연을 거스르지 않고 조화를 이루는 우리 선조들이 지혜가 생생하게 다가온다. 농다리를 건너다니면서 느꼈을 평안함과 끝없이 펼쳐진 들판을 바라보며 풍요를 기원했을 옛 선조들의 모습이 지금도 고스란히 전해지는 듯하다.

농다리를 건너 숲으로 들어서자, 출렁다리와 하늘다리가 우뚝하다. 강철과 케이블로 연결된 현대 기술의 산물인 출렁다리가 바람에 출렁대니, 다리 위에서 두려움과 스릴을 동시에 느낀다. 이는 우리의 현재 삶과도 닮았다. 우리는 삶에서 많은 도전과 어려움에 직면하지만, 그 과정을 통해 성장하고 앞으로 나아간다. 출렁다리를 건너며 현재의 도전들이 결국 우리를 더 강하게 만들 것이라는 확신이 든다.

이어진 하늘다리는 하늘과 땅을 잇는 250m의 구조물로 인간의 끝없는 도전을 상징한다. 이 다리를 걷는 동안 우리가 얼마나 많은 어려움을 극복해가며 현재의 삶 위에 존재하는지 생각하게 된다. 발밑으로 펼쳐진 세상의 풍경은 우리가 이루어낸 작은 발걸음들의 결실이다. 하늘다리 위에서 나는 더 큰 꿈을 꾸며 미래에 대한 새로운 희망을 품어본다.

미래는 아직 걸어보지 않은 다리와 같다. 그 다리의 끝이 어디로 이어질지는 알 수 없지만, 우리가 걸어온 길이 미래를 만들어갈 것이다.

다시 황톳길을 걸으며 진흙의 부드러운 촉감을 느낀다. 미래의 길은 어떠할까 상상해 본다. 자연이 주는 치유와 휴식은 우리의 미래가 평온하고 안정되길 바라는 마음을 담고 있다.

농다리에서 시작해 출렁다리와 하늘다리를 지나 황톳길로 이어지는 여정은 과거와 현재, 미래를 아우르는 삶의 여정과 같다. 다리는 이동 수단만이 아니라 우리네 삶의 다양한 측면을 연결하는 통로이다. 과거의 지혜와 경험을 현재에 이어 주고, 현재의 도전과 극복을 통해 더 나은 미래로 나아가는 길을 열어준다.

진천 농다리는 나에게 삶의 연결고리를 되새기게 한다. 다리는 우리의 삶을 풍요롭게 해주는 중요한 상징이자 우리가 앞으로 나아가야 할 방향을 제시하는 이정표이다. 과거와 현재, 미래는 하나의 다리로 이어져 있다. 그 다리를 건너는 우리는 끊임없이 성장하고 나아가리라.

이러한 깨달음은 내 마음에 작은 등불로 남아 희망을 품게 한다.

길 위의 역사

～

　새해를 맞이하여 떠나는 청주문화원 회원들의 문화유적 답사는 관광이 그 목적이 아니다. 우리 민족의 역사와 전통을 재발견하고 이를 통해 현재와 미래를 사유하자는 의미의 행위이다. 문화유적 답사를 통해 선조들이 남긴 유물과 문화재를 직접 보면서 민족적 자긍심을 고취하고, 문화유산의 보존과 전승이 가지는 진정한 의미를 되새기자는데 있다.

　길 위에서 만난 역사의 흔적들은 과거에 머무르지 않는다. 그것들은 지금도 우리의 삶 속에서 조용히 숨 쉬며, 때로는 선명히 빛을 내며 우리가 나아갈 방향을 가리킨다.

　답사의 첫 발걸음은 포항 호미곶에서 시작된다. 새벽빛이 수평선을 뚫고 솟아오를 때 바다는 끝없는 맑음과 신비로움으로 우리를 감싼다.

호미곶 광장에 세워진 '상생의 손'은 바다에는 오른손이, 육지에는 왼손이 하늘을 향해 서있다. 바다와 육지에서 그것을 마주하는 손은 화합과 공존이라는 묵직한 메시지를 품고 있다. 우리는 그 손 앞에서 새해를 맞아 서로의 건강과 행복을 기원하며 덕담을 나눈다. 바다의 맑은 공기와 수평선의 끝없는 확장은 마치 삶의 새로운 장을 펼쳐 주는 것 같다. 이곳이 단순한 여행지가 아니라 각자의 다짐과 염원이 깃든 특별한 공간으로 남는다.

이어 방문한 호미곶 등대는 더욱 놀랍다. 100년이 넘는 세월 동안 꺼지지 않고 바다를 비춰온 등대, 등대의 역할을 넘어 시간과 공간을 연결하는 상징처럼 느껴진다. 철근 없이 벽돌로만 쌓아 올린 등대의 건축은 옛 장인들의 기술과 예술성이 결합한 산물이다. 신고전주의 양식의 입구와 창문은 그 자체로 위대한 예술품이다. 이 등대는 기술적 성취를 넘어 우리 선조들의 탁월한 기술과 지혜, 헌신을 상징하고 있다. 바다와 등대를 바라보며 나는 그 빛이 단지 항로를 비추는 것을 넘어 세상을 지키고자 했던 한 세대의 책임감을 이어주는 빛임을 깨닫는다.

답사는 500년 역사를 품은 양동마을로 이어진다. 마을에 발을 디딘 순간, 마치 과거로의 시간 여행을 하는 느낌이다. 좁은 골목길과 낡은 기와집들 사이로 흐르는 공기에는 선조들의 삶의 흔적이 서려 있다. 세월의 먼지가 쌓인 돌담을 따라 걷다 보니 돌 하나하나에 담긴 이야기가 들려오는 듯하다.

양동마을의 집들은 거처의 차원을 넘어서서 마을 자체가 예술작품 같다는 느낌이다. 성리학적 질서에 따라 공간을 배치한 마을의 구조가 사람과 자연, 사람과 사람 간의 균형과 조화가 잘 아우러져 있다. 현대 사회에서 점점 사라져가는 상생의 가치를 다시 일깨워 준다. 물질적 풍요에 가려졌던 삶의 본질을 돌아보게 한다.

양동마을의 공동체로서 면면히 지켜온 전통은 과거의 유산을 넘어 현재를 살아가는 우리에게도 여전히 유효한 삶의 지혜이다.

마지막 답사지는 옥산서원이다. 서원 앞을 흐르는 자계천의 물소리가 마치 학문에 몰두하던 선비들의 숨결처럼 조곤조곤 다가온다. 물소리를 따라 들어선 서원의 건축물들은 단아하면서도 견고하다. 자연을 거스르지 않으며 서 있는 서원은 조화롭고 긴밀하게 연결되어 있는데 성리학적 질서와 선비 정신이 배어 있다. 서원을 감싸는 산과 계곡은 인간의 노력과 자연의 조화로운 관계를 완벽히 보여준다.

서원 안에서 바라보는 풍경이 신비롭고 아름답다. 자연과 인간이 만들어낸 정신적 세계이다. 선비들이 이곳에서 추구했던 이상과 조화로운 삶의 방식은 후세들에게 시사하는 바가 크다. 그들은 자연의 섭리를 거스르지 않고 그 안에서 삶의 방향을 찾아간 듯하다. 나는 그들의 태도가 단순히 과거의 미덕이 아니라 오늘날 우리가 다시 배워야 할 삶의 지혜임을 느낀다.

이번 답사를 통해 과거는 현재와 미래를 비추는 거울이라는 생각이 든다. 호미곶의 상생의 손과 등대의 빛, 전통적인 양동마을과 옥산서원을 답사하며 우리 선조들의 탁월한 정신세계와 자연 친화력을 엿보았다. 우리 선조들의 정신과 삶의 지혜, 그 가치를 가슴 깊이 받아들이게 된 것은 커다란 소득이다.

이 문화유산들은 우리의 정체성이자 삶의 방향성을 제시하는 나침반이다. 호미곶의 바람은 화합과 공존을 속삭이고 등대의 불빛은 끊임없이 나아가야 할 용기를 심어준다. 양동마을은 균형과 조화의 가치를 일깨워 주며, 옥산서원은 자연 속에서 삶의 의미를 묻는 태도를 일깨워 준다.

길 위에서 만난 역사 속에서 나는 깨닫는다. 유적은 단순히 보존해야 할 과거가 아니라 현재와 미래를 연결하는 다리라는 것을. 그것들은 우리의 삶 속에서 살아 숨 쉬며 지금도 끊임없이 새로운 의미를 창출해내고 있다. 이런 유산을 이어받은 우리는 그것을 단지 보호하는 것을 넘어 우리의 정신적 뿌리로 삼아야 한다.

문화유산은 우리의 정체성을 비추는 거울이다. 그 거울을 통해 우리는 과거를 되짚고 현재를 돌아보며 미래를 계획한다. 이 답사를 통해 우리는 모두 역사의 연속선 위에 서 있음을, 그리고 우리가 걸어가는 길 또한 다음 세대의 역사로 남을 것임을 다시 한번 깨달았다.

'길 위의 역사'에서 마주하는 모든 것은 과거가 아닌 현재와 미래를 밝히는 빛들이다.

5.

고백하기 경청하기

비는 우리 삶의 일부다.

우리는 비와 함께 울고, 웃으며,

때로는 그 속에서 회복과 치유를 얻는다.

비는 단순한 물방울의 나열이 아니라,

우리의 삶에 스며드는

은유이자 상징이다.

−본문 중에서

어디로 가야 할까

삶의 한복판에서 문득 멈추게 되는 순간이 있다. 쉼 없이 걸어왔던 길 위에서 발걸음을 멈추고 스스로에게 묻는다. "나는 어디로 가고 있는 걸까?" 일상의 분주함 속에서 지나쳐버린 시간이 마치 바람처럼 흩어져 버린 듯하다. 하지만 그 순간들이 모여 내 삶의 그림을 그려왔다. 이제 나는 잠시 멈추어 그 그림이 무엇을 말하고 있는지 들여다보려 한다.

삶의 초반에는 목표를 향해 달리는 것이 전부라고 생각했다. 성취와 성공은 나를 빛나게 할 것이라 믿었다. 그런데 어느 순간 문득 뒤돌아보니 내가 걸어온 길은 직선이 아니라 굽이굽이 흐르는 강줄기 같았다.

봄날의 꽃잎이 흩날리는 평탄한 길도 있었고, 비바람이 몰아치는 자갈길도 있었다. 그 모든 순간이 모여 지금의 나를 이루었다. 그 여정 속에서 미처 깨닫지 못했던 소중한 순간들이 삶의 진정한 선물이었음을 이제야 알게 된다.

지금, 나는 또 다른 갈림길 앞에 서 있다. 무엇을 내려놓고 무엇을 붙잡아야 할지 고민이 깊어진다. 삶이란 무조건 앞으로만 나아가는 것이 아닌 것을 알게 된 까닭이다. 멈추어 서서 방향을 가늠하고 주변을 돌아보는 시간도 필요하다. 나는 이 순간, 내 삶의 무게를 재어 본다. 남은 시간 동안 어떤 길을 선택해야 의미 있는 삶을 살아갈 수 있을까? 쉼 없이 달려온 시간 속에서 잃어버린 내면의 목소리를 다시 찾는다.

문득, 걸어온 길 위에 남겨진 발자국들이 떠오른다. 그것들은 단순한 기억 이상의 것으로 내 삶의 무게를 이겨낼 힘이었다. 그 힘이 이제는 누군가에게 전해져 작은 빛이 될 수 있다면 그것이야말로 진정한 가치가 아니겠는가. 내 경험과 지혜가 누군가에게 등불이 될 수 있고, 내가 남긴 자취가 누군가의 삶에 어둠을 밝혀주는 빛이 된다면 그 길을 기꺼이 걷고 싶다.

이제는 더 이상 속도를 재지 말자고 다짐해 본다. 목적지에 도달하는 시간보다 중요한 것은 그 길 위에서 마주하는 아름다운 풍경과 사람들이다. 쉼의 시간을 통해 내면을 채우고 그 에너지가 다시금 내 삶 속에서 빛나기를 바란다. 길은 단지 앞으로 나아가는 도구가 아니라 내 삶의 모든 순간을 담는 그 릇이다.

나는 어디로 가야 할까? 살아보니 그 답은 정해져 있지 않다. 중요한 것은 걸어가는 방식이다. 길이 험난할 때 함께 손을 잡아주는 사람들, 멈춘 자리에서 발견하는 작은 깨달음들, 그리고 그 모든 것이 모여 만들어내는 내 삶의 이야기가 아닐까.

오늘도 나는 인생의 어느 지점 위에 서 있다. 앞으로 무엇을 만날지, 어떤 풍경을 마주할지 모른다. 하지만 그 불확실함조차 내 삶의 일부로 받아들이며 천천히, 그러나 단단히 걸어가리라. 삶은 완벽한 계획이 아니라 나 자신과 끊임없이 대화하며 나아가는 과정이다. 나는 그 대화를 이어가며 나만의 길을 만들어 가리라.

그 길 끝에서 내가 만나게 될 세상이 어떨지 모르지만, 그것이 내게 의미 있는 풍경이기를 기대하며 한 걸음 한 걸음 내디딘다.

비가 내리면

비가 내리는 날에는 마음이 차분해지기도 하고 설레기도 한다.

비 오는 날에는 집에 있기보다는 거리가 내다보이는 카페로 향한다. 그리운 이들에게 문자를 보내 보기도 하고, 책을 읽고 음악을 들으며 괜스레 센티멘털해진다. 카페 창밖으로 빗방울들이 흐르고 그 소리가 카페 안의 잔잔한 음악과 어우러져 하나의 앙상블을 이룬다. 거기에 더해지는 진한 커피 향은 나의 감성을 더욱 자극한다.

비가 오면 자연스럽게 비에 관한 노래가 떠오른다. 라디오에서는 비와 얽힌 사연과 함께 비를 주제로 한 노래들이 흘러나온다. 우순실의 '잃어버린 우산'은 색소폰과 피아노의 선율 위에 맑고 고운 목소리가 어우러져, 지나가는 사람들의 우산을 한참 바라보게 만드는 곡이다.

김현식의 노래는 비와 음악 사이에 앉아 마음을 우수에 잠기게 한다. "비가 내리고 음악이 흐르면 난 당신을 생각해요"로 시작되는 곡은 사랑의 아픔, 이별, 절망, 외로움, 그리고 실연의 상처를 담고 있다. 그의 삶과 맞물려 더 많은 사람들에게 울림을 주는 노래다.

'비 오는 날의 수채화'는 빗방울 떨어지는 거리에 서서 마음속 붓으로 투명한 그림을 그리고 싶게 만든다. "음악이 흐르는 그 카페에 초콜릿색 물감으로 빗방울 그려진 그 가로등불 아래 보라색 물감으로 세상 사람 모두를 행복하게 그리고 싶다"는 가사는 비 오는 날의 풍경을 꿈처럼 그려낸다.

계절과 얽힌 비를 주제로 한 노래들도 많다. 박인수가 부른 '봄비'는 그윽한 목소리로 외로운 인간 존재를 위로하며 마음을 달래준다. "빗방울 떨어져 눈물이 되었나 한없이 흐르네"라는 노랫말은 비와 함께 감정을 흘려보내게 한다. '가을비 우산 속' '겨울비는 내리고'처럼 각 계절의 정취를 담은 곡들도 비와 함께 우리의 추억 속을 적셔준다.

비는 단순히 자연현상에 그치지 않고 철학적 사유의 대상이 되기도 한다. 철학자 니콜라 말브랑슈는 "왜 바다에, 큰길에, 해변의 모래사장에 비가 오는지?" 자문하며 비의 의미를 탐구했다. 그의 물음은 비가 가진 우연성과 필연성을 동시에 드러낸다. 비는 우리가 원하지 않는 순간에 찾아오기도 하고 간절히 기다리는 순간에 내려주기도 한다. 그럼에도 비는 언제나 자신의 길로 흐른다. 물방울이 떨어져 흐르는 과정은 마치 우리의 삶처럼 때로는 부딪히고 때로는 스며들며 자연의 일부로 흘러간다. 삶도 그러하리라.

비는 모든 생명에게 삶의 숨결을 불어 넣는다. 무심한 듯 보이지만 비는 자신을 아낌없이 내어주며 생명을 이어간다. 물은 산을 넘고 강을 이루어 바다로 흘러가며 자신이 갈 길을 묵묵히 찾아간다. 비처럼 우리도 삶의 길에서 주어진 환경을 탓하기보다 순리를 따르는 지혜가 필요하다.

비가 내리면 자동차 선루프 위로 빗방울이 두드리는 소리가 정겹다. 차 안에 가득 찬 음악과 어우러져 감성이 온몸으로 스며든다. 비는 우리의 마음속에도 떨어진다. 외로운 마음을 흔들고 적시며 무심한 듯 위로를 건넨다. 비에 관한 노래들은 그러한 감성을 더욱 깊이 자극하며 우리를 현실에서 잠시 벗어나게 한다.

비는 우리의 삶에 다양한 모습으로 스며든다. 때로는 낭만이 되고, 때로는 재앙이 되어 우리에게 다가온다. 가뭄이 들면 비를 갈망하고, 폭우가 내리면 그칠 날을 기다리며 인간은 비와 늘 대화를 나눈다. 비는 우리의 생존과 감정에 동시에 닿아 있다. 가뭄을 해갈하는 단비로서 우리의 삶에 생기를 불어넣고, 폭우로 때로는 두려움을 선사하며 우리의 나약함을 일깨운다.

장대비가 퍼붓는 날에도 비는 우리 삶의 일부다. 우리는 비와 함께 울고, 웃으며, 때로는 그 속에서 회복과 치유를 얻는다. 비는 단순한 물방울의 나열이 아니라 우리의 삶에 스며드는 은유이자 상징이다. 서로 물길을 내주며 마음을 적시며 동행하는 비는 우리의 곁에 항상 머물러 있다. 마치 우리의 내면에 쌓인 감정을 씻어내듯 비는 세상 모든 것을 새롭게 적신다.

비와 음악 사이에 앉아 흘러가는 빗방울의 속삭임을 듣는다. 모든 순간이 비처럼 흘러가지만 그 속에 담긴 의미는 우리 안에 머문다. 오늘도 나는 빗속에서 이 또한 지나가리라 기도하며 다가올 햇빛을 기다린다.

마주침의 철학

오빠와 남편은 전혀 모르는 사이다.

아이러니하게도 두 남자는 각각 나의 결혼 상대를, 서로 다른 지인에게 동시에 부탁했다. 마치 평행하지 않은 두 직선이 우연히 교차하는 한 지점처럼 전혀 다른 세계에서 시작된 두 선이 하나의 결합으로 이어진 순간이 되었다.

그 교차점에서 바로 새로운 나의 가정의 시작이 되었다. 그 순간을 생각하면서 알튀세르의 마주침의 철학을 떠올린다. 삶은 때로 우연한 마주침으로 이루어지며 전혀 예측하지 못한 접촉이 새로운 인연을 만들어낸다. 남편과 나의 만남 역시 그러한 우연한 접촉으로부터 시작되었다.

삶은 때로 우연한 마주침으로 이루어진다. 전혀 예측하지 못한 접촉이 새로운 인연을 만들어내고 우리의 발걸음을 새로운 길로 인도한다.

매일 아침 산을 오르며 나는 수없이 많은 마주침을 경험한다. 집을 나서는 순간부터 세상과 마주침이 시작된다. 가로수길을 달리는 자동차, 빌딩 숲 사이로 빠르게 걸어가는 사람들, 핸드폰에 몰두하는 사람, 횡단보도를 건너는 사람, 서둘러 학교로 향하는 학생들, 터미널로 향하는 여행자들…. 그들과의 우연한 교차는 내 일상에 작은 변화와 깨달음을 선사한다.

발길을 옮기다 보면 어느덧 산과 마주한다. 산에서의 마주침은 그 어느 곳보다 웅숭깊고 특별하다. 자연과의 접촉, 그리고 등산객과의 우연한 만남은 그 자체로 작은 기적 같은 의미를 지닌다.

산길을 오르다 보면 나는 저마다의 이유로 같은 곳을 찾은 이들과 만난다. 부인의 손을 잡고 느릿하게 오르는 시각장애인 어르신, 건강을 되찾기 위해 맨발로 걷는 중년 여성, 다이어트를 위해 온몸으로 땀을 흘리며 뛰어오르는 청년, 가족과 도란도란 이야기를 나누며 간식을 나눠 먹는 사람들…. 모두 각자의 이유를 달고 산길을 오른다. 그 순간만큼은 모두가 한 방향을 향해 함께 걷는 동행자들이다. 그들의 소망이 나의 소망과 교차하고 그 교차는 내 발걸음을 더욱 힘차게 한다.

문득 강은교 시인의 시 〈물길의 소리〉가 떠오른다. 시인은 물방울 하나가 다른 물방울과 만나고, 그것이 돌과 나무뿌리 같은 사물과 부딪쳐 내는 소리에 귀 기울인다. 그 소리 속에서 시인은 삶의 진동을 느낀다. 마주침이란 서로의 존재에 귀 기울이는 일이며, 그 부딪침 속에서 우리는 새로운 관계를 만들어낸다. 나 또한 일상에서 수많은 사람과 사물과 마주친다. 그 마주침은 서로 다른 생명들이 교차하는 순간들이고, 그 교차가 쌓여 우리는 '너'가 되고, '너'는 '나'가 되어 더불어 살아가는 공동체를 이룬다.

마주침의 순간은 우연처럼 보이지만, 사실 삶의 깊은 의도가 담긴 필연일지도 모른다. 자연 속에서 만나는 작은 생명도 사람과 마찬가지로 서로 연결되어 있다. 산길을 걷다 보면 개구리 한 마리가 내 발걸음을 멈추게 한다. 그 작은 생명체가 나를 바라보며 눈을 깜빡인다. 마치 "좋은 아침입니다"라고 속삭이는 듯하다. 그 짧은 순간이 나의 하루를 환하게 밝히는 마주침이 된다.

산을 오르는 사람마다 자신만의 이유와 바람을 안고 있다.

건강을 되찾고, 지병을 극복하고, 마음의 평온을 찾고자 하는 소망과 소망들이 마주친다. 그들의 소망은 나의 마음과 마주치고 그 순간 우리는 서로를 응원하게 된다. 마주침은 단순한 만남을 넘어 서로에게 힘이 되고 용기를 주는 순간으로 이어진다. 이러한 마주침이 쌓여 갈 때 세상은 따뜻하고 살 만한 곳이 된다.

마주침의 철학은 우리에게 삶의 관계를 새롭게 바라보게 한다. 무심코 지나쳤던 사람들의 소망에 귀를 기울이기 시작하면 그들의 마음이 내게로 다가온다. 우리는 서로의 존재를 통해 세상의 의미를 발견한다. 각자의 길을 걷는 우리는 결국 그 길 위에서 서로 마주치며 서로의 빛이 된다.

산길 위에서 나누는 "건강하세요" "행복한 하루 보내세요" 같은 소소한 인사말이 마주침의 온기를 전한다. 이 짧은 인사가 삶의 의미와 연결을 확인하는 소중한 순간이 된다. 마주침은 삶의 축복이다. 그리고 그 축복 속에서 우리는 조금 더 나은 삶을 꿈꾸고, 함께 걸어갈 수 있다.

모필문慕筆文

모년 모월 모일, 주인 강 씨는 두어 자 글로써 오래된 붓에 게 이별의 글을 남긴다. 인간사 흔히 있는 일이 만남과 헤어짐이라 하지만, 내가 너를 아끼고 사랑한 시간이 6년이었으니, 이 이별이 어찌 보통일 수 있겠는가. 너를 붓집 속에 간직하고는 어디를 가든 함께했고 너를 쓸 때마다 내 마음과 손끝이 하나 되었건만 우연히 실수하여 너를 제대로 씻어주지 않고 돌보지 않아 급기야 붓의 솔이 말라 더는 제 기능을 하지 못하게 되었구나. 내 마음이 참으로 남과 다름이라. 아깝고 불쌍한 마음에 가슴이 시리다. 잠시 눈물을 닦고 마음을 가다듬어 너와 함께한 세월을 떠올리며 이 글을 적어 마지막 인사를 전하고자 한다.

5년 전, 내가 포크아트를 처음 시작할 때 여러 붓과 함께 너도 내 손에 들어왔다. 수많은 붓 중에서도 너는 특별했다. 내 손에 꼭 맞았고 너로 인해 나의 작품은 살아 움직였다. 너를 소중히 여기며 매번 손에 쥐고 그림을 그릴 때마다, 너는 내 손끝과 한 몸이 되어 나와 함께 놀았구나. 너는 내 손의 연장이었고, 내 마음을 담아냈으며 내가 생각하는 대로 움직였고 표현하고 싶은 대로 그려주었다. 너의 존재가 없었다면 내 그림도 없었으리라.

내 성격이 소심하여 한 번에 색을 확 드러내지 못하는 탓에, 나는 종종 너로 여러 번 덧칠을 시키곤 했구나. 처음엔 희미하게 보이는 색깔이 층층이 쌓이면서 비로소 형체를 드러냈고 너는 그 과정에서 불평 없이 나와 함께 시간을 보냈다. 너의 굵고 짧은 촉수는 나뭇결을 그리게 했고 평평한 면은 옷감의 부드러운 질감을 표현하게 했으며 때로는 섬세한 꽃잎이 되기도 했고 가구 위에 그려지는 풍경이 되기도 했다. 너와 함께한 그 순간들은 내게 평화와 위안이 되었으며 그림을 그리는 동안 나는 마음이 호수처럼 고요해지곤 했다.

이제 너의 부재가 그토록 서러울 수밖에 없는 이유도 바로 그 마음의 평화 때문이리라.

세상은 변했고 컴퓨터와 디지털 기기가 그림을 대신하는 시대가 왔다. 이제는 키보드 몇 번만 두드리면 원하는 색을 칠할 수 있다. 손으로 직접 그리지 않아도 그림이 완성된다. 하지만 아무리 기술이 발전했다 한들, 손끝에서 전해지는 감각과 붓을 움직이는 섬세한 손놀림을 따라갈 수 있을까? 붓끝에 묻어나는 감정과 즉흥적인 움직임이 만들어내는 작품의 깊이를 컴퓨터가 흉내 낼 수는 없을 것이다. 나는 그래서 너와의 인연이 앞으로도 계속될 것으로 생각했다. 너는 내게 평생을 함께할 친구로 너와의 시간이 끝날 것이라고는 상상하지 못했다. 가까이 있는 것이 더욱 소중한 법이거늘, 나는 너와의 시간이 천년만년 이어질 것이라고 오만하게 믿고 있었구나. 그러나 어느 순간 너와의 이별이 갑자기 찾아왔다.

오호통재라! 어찌 이리 쉽게 이별이 오다니. 네가 없어도 붓은 많다지만 5년간 정을 나눈 너를 어떻게 쉽게 잊을 수 있겠는가? 내 너를 소홀히 다루어 한 번 쓰고 나면 정성껏 씻지 않아 네 몸이 굳어 버리게 했으니 이 무슨 불찰인가. 너의 붓 털 하나하나가 소중했건만, 이제 너는 더 이상 그 힘을 발휘하지 못하게 했다. 모든 것이 내 잘못이다. 붓 하나도 소중히 다루지 못한 내게 부끄러움과 후회만이 남는다. 다만, 이 짧은 이별의 글을 남긴다.

붓과의 이별은 단순한 도구와의 작별이 아니다. 그것은 나의 시간과 열정 그리고 나의 일부와의 작별이다. 네가 지금은 내 곁을 떠났으나 너와 함께한 시간이 내게 남긴 감정과 기억은 오래도록 남을 것이다. 붓을 쥐던 그 느낌, 손끝에서 퍼지던 그 감각, 그리고 그로 인해 완성된 작품들은 모두 너 덕분이었다. 나는 네가 내게 준 평화로움을 잊지 않을 것이다. 네가 내 손끝에서 춤추던 그 순간들은 여전히 내 안에 살아있다.

안녕, 나의 소중한 붓이여. 너와 함께한 날들은 내게 관계의 진정한 기쁨을 알게 해주었고, 삶의 여백에 색을 채우는 법을 가르쳐 주었다. 네가 남긴 흔적은 내 마음속에 오랫동안 남아 나의 기억 속에서 살아갈 것이다.

너를 떠나보내며 나는 나의 부족함을 돌아보고 앞으로는 나의 손길이 닿는 모든 것들을 더 소중히 여길 것을 다짐한다. 그러니 부디 안녕히, 그리고 네가 평안히 안식하기를 빈다.

우아하게 나이 드는 법

～

"여러분은 몇 번째 가을을 맞이하고 계세요?"

강의실에서 던진 나의 첫 번째 질문이다. 이 질문의 의도를 헤아리기 전에 대부분은 자신의 나이만큼 대답한다. 그러나 나의 의도는 그저 숫자를 묻는 것이 아니다. 나이는 물리적인 숫자가 아니라, 우리의 내면이 얼마나 성숙했는지를 반영하는 지표가 되어야 하기 때문이다.

나이가 많을수록 내면도 그만큼 성숙할 것으로 생각하게 되지만, 반드시 그렇지 않다. 몸은 어른이나 미운 7살의 마음을 품고 사는 사람을 종종 본다. 감정을 조절하지 못하거나 자기중심적인 태도로 인해 관계에서 어려움을 겪는데 어쩌면 우리가 겪을 수 있는 문제다.

나이가 든다는 것은 자연스러운 과정이지만 이를 받아들이는 일은 쉽지 않다. 우리는 새로운 관계를 맺을 때 종종 나이를 묻는다. 호칭을 정하거나 상대를 이해하기 위한 과정이겠지만, 나이가 들수록 자신의 나이를 드러내는 일이 썩 유쾌하지 않을 때도 있다. 상대가 나이를 적게 말할 때 느끼는 작은 희열이 이를 증명한다.

우아한 어르신을 보면 부러움과 존경이 앞선다. 격조 있는 말투와 상대를 배려하는 모습, 내면에서 우러나오는 품격은 자연스레 존경심을 자아낸다. 이런 분들을 만나게 되면 나도 저렇듯 기품 있게 나이 들고 싶다는 소망을 품게 된다.

나이 듦이란 무엇일까? 단순한 신체적 변화가 아니라 과거를 돌아보며 지혜를 얻고, 현재를 충실히 살아가며 미래를 준비하는 심리적 여정이다. 최근 우에키 리에의 ≪심리학자가 들려주는 우아하게 나이 드는 법≫을 읽으며 나이 듦의 아름다움과 그 의미를 깊이 생각해 보았다. "나이 듦은 삶을 되돌아보고 재정립하는 과정이며, 이를 통해 과거의 나와 대화를 나누는 과정"이라는 문장은 나에게 깊은 울림을 주었다. 우아하게 나이 드는 것은 '나이 듦'을 두려워하기보다는 기대하며 준비하는 자세가 아닐까.

얼마 전, 노후에도 즐길 수 있는 새로운 취미로 천 아트를 배우기 시작했다. 처음엔 '너무 늦은 것이 아닐까?'라는 걱정이 앞섰지만, 붓을 들고 천 위에 그림을 그리며 새로운 세상이 열리는 듯한 경험을 했다. 그림을 그리는 동안 진정한 나를 만나며 내면의 평화를 발견했다. 색을 고르고 나만의 세계를 재창조하는 과정은 나 자신과 대화하는 시간이고 그 과정에서 현재의 나를 더욱 사랑하게 되었다.

이즘에는 관계의 소중함도 절실히 느껴진다. 젊을 때는 가족과 친구들이 늘 곁에 있을 것이라 당연하게 여겼지만, 자녀들이 독립하고 사회적 역할이 변하면서 관계의 중요성을 새삼 깨닫는다. 관계는 삶에 위로와 힘을 준다. 천 아트만 아니라, 동화 교실, 문학 치유 커뮤니티, 합창단 등 같은 취미를 가진 사람들과 교류는 새로운 관계의 기쁨 중 하나이다.

빅터 프랑클은 '인간은 삶의 의미를 찾아가는 존재'라고 말했다. 나이 듦 속에서 나는 주변 사람들과의 관계를 통해 삶의 의미를 재발견한다. 지인들과 나누는 소소한 대화, 친구들과의 산책, 배우자와 함께하는 따뜻한 저녁 식사, 등 이 모든 순간은 나에게 감사와 평화를 선물한다.

나이가 든다는 것은 삶의 경험과 지혜가 축적되는 과정이다. 젊은 날의 시행착오와 성취는 오늘의 나를 이끄는 밑거름이다. 나이 듦은 삶의 본질을 더 깊이 이해하고 현재의 순간을 충실히 살아가는 법을 배우게 한다. 나이는 단순한 숫자가 아니라 삶을 통해 축적된 지혜의 크기다. 이러한 깨달음은 내가 우아하게 나이 들 수 있도록 이끄는 지침이 될 거라 믿는다.

나이는 우리가 축적한 경험과 지혜의 총합이다. 그렇기에 나이 듦은 두려움이 아니라 새로운 삶을 향한 문을 여는 과정이다. 우아하게 나이 든다는 것은 외적인 아름다움이나 물리적 건강에 국한되지 않는다. 자신을 있는 그대로 받아들이고 삶의 변화를 성찰하며 더 나은 내일을 준비하는 자세에서 비롯된다.

나는 오늘도 삶의 길 위에 서 있다. 매일의 선택이 나의 내일을 만든다. 삶의 길 위에서 우아하게 나이 드는 방법을 실천해 본다. 감사하기, 용서와 화해하기, 지속적인 배움, 깊은 관계 맺기, 현재에 집중하기, 몸과 마음의 돌봄을 나만의 '우아하게 나이 드는 법'으로 정해본다. 우아함은 성장과 감사의 태도에서 비롯된다. 나이 듦은 새로운 문을 여는 과정이다. 나는 그 문을 기꺼이 열어나가리라.

조화문弔靴文

유세차(維歲次) 모년 모월 모일에, 죄인 강 씨는 두어 자 글로써 신발[靴者]에 고하노니 인간의 신체 중 발이 얼마나 중요한가를 생각해 보면, 그 발을 감싸며 일생을 함께해 온 신발이야말로 없어서는 안 될 동반자라 하겠거늘 세상 사람들은 신발의 가치를 가볍게 여기고 막 신으며 때로는 질질 끌고 다니는 일이 허다하도다. 나 또한 어제, 그토록 아끼던 구두의 밑창이 떨어져 나가고 말았으니 비록 그것이 유행이 지난 물건이라 하더라도 나에게 있어 그 이별은 너무나도 아쉽고 안타깝기 그지없도다. 비록 이것이 필연적이라 하여도 너와 함께한 시간을 쉽게 잊을 수 없으니 마음속 깊은 정이 남들과 다를 수밖에 없구나.

오호통재라! 아깝고 불쌍하다 나의 신발이여. 너와의 인연이 어느덧 오 년을 넘었구나. 그동안 길고 짧은 여정 속에서 네가 내 발을 든든하게 감싸주었고, 고된 하루를 너의 도움으로 버텨낸 일들이 얼마나 많았는지. 때로는 종일 서서 강의해야 했고 때로는 험한 길을 걸어야 했던 순간도 있었지만, 너는 묵묵히 견디며 나의 발을 보호해 주었구나. 네가 없었더라면 그 시간은 훨씬 더 힘들었을 터이니 너의 헌신을 어찌 잊을 수 있으랴.

잠시 눈물을 거두고 마음을 진정하여 너와 함께한 기억을 천천히 돌아보며 너와의 이별을 기록해 본다.

아깝다. 구두여 어여쁘다 나의 구두여. 비록 명품의 반열에 오르지는 못했으나 너는 그 독특한 품질과 재치로 나를 감동하게 했고 다른 그 어떤 물건보다도 성실하고 강인했으니 너의 존재는 내게 명물이라 부를 만하였다. 단단하고도 곧은 너의 구조는 고되었던 나의 하루하루를 묵묵히 함께 걸어가며 견디게 해주었다. 비가 오는 날에도, 진흙탕이 내 발을 덮치려할 때에도 너는 결코 나를 저버리지 않았다. 네가 내 발을 지켜준 덕분에 나는 나의 하루를 무사히 마칠 수 있었으니 너의 끝없는 헌신이 아니었더라면 많은 일을 이루지 못했으리라.

비 오는 장마철마다 너의 몸이 물에 젖고 진흙으로 더럽혀져도 너는 그저 묵묵히 나를 지켜주었다. 내가 물걸레로 너를 닦을 때조차도 네 몸이 낡아감을 애써 감추며 나의 발을 위해 온전히 헌신하는 너의 모습에 나는 감동하지 않을 수 없었다. 그러나 그런 너를 나는 너무나 당연한 존재로 여겼고 네가 영원히 내 곁에 있을 것이라는 오만한 생각에 사로잡혀 있었다. 너를 제대로 돌보지 않고 너의 가치를 잊은 나의 잘못이 컸음을 이제야 뉘우친다.

오호, 애통하구나! 나의 실수로 인해 우리는 이렇게 갑작스러운 이별을 맞이하게 되었구나. 올해 초, 모임을 마치고 집으로 돌아오던 길, 보도블록 틈에 너의 굽이 끼어 그만 삐끗했을 때 그 순간 굽이 떨어져 나가며 너는 더는 내 발을 지탱할 수 없게 되었구나. 한 발은 멀쩡하고 한 발은 뒤뚱거리며 귀가하던 그 날, 나는 네가 마지막 순간을 맞이했음을 직감했으니 이는 귀신이 시기하고 하늘이 너의 헌신을 아까워한 것이라 여길 수밖에 없구나.

아깝다, 나의 구두여 불쌍하다, 너의 모습이여. 네가 다친 뒤에도 나는 너를 수선하려고 여러 방면으로 알아보았으나 너는 이미 너무 오래되었고, 밑창이 닳아버려 더는 그 역할을 다할 수 없다는 답을 들었을 때, 그만 내 마음도 무너져 내리고 말았다. 너는 나와 함께한 많은 날의 흔적을 남긴 채 이제는 나와 함께 걸을 수 없게 되었다. 이별이란 참으로 잔혹한 것이구나.

비록 너는 하나의 물건에 불과하지만, 우리 사이에 나눈 정은 결코 가볍지 않다. 나와 함께한 시간 동안 너는 나의 삶을 든든히 지탱해 주었건만, 나는 네가 주는 안락함과 신뢰를 너무도 당연하게 여겼다. 이제 너를 떠나보내야 하지만 후세에 다시 만나게 될 날이 오기를 소망한다. 그때에는 너와 내가 다시금 한 몸처럼 생사고락을 함께하는 충실한 동반자가 되기를 바라노라.

나의 소중한 구두여, 이제 너에게 안식을 빌며 편히 쉬기를 바란다. 너를 그리워하며 언젠가 다시 만날 날이 오기를 기다릴 것이다.

6.

배려하기 소통하기

은행나무는

사람의 손길로 열매를 퍼뜨릴 수 있다.

사랑도 숲처럼 가꾸어야 한다.

서로를 배려하고 돌보는 손길이 있어야만

진정한 사랑이 완성된다.

−본문 중에서

사유하지 않는 죄

1961년, 예루살렘의 한 법정에 한 남자가 섰다. 그의 죄목은 "인류와 유대 민족에 대한 씻을 수 없는 범죄"였으며 재판의 결론은 사형이었다. 이 남자는 아돌프 아이히만으로 홀로코스트의 실무 책임자로서 600만 명에 달하는 유대인의 학살에 관여한 인물이다.

하지만 재판장에서 그는 고개를 숙이지 않았다. 오히려 이렇게 말했다. "나는 단 한 명의 유대인도 직접 죽이지 않았으며 상관의 명령에 따라 유대인들을 수송했을 뿐입니다." 아이히만은 자신의 행동이 옳은지 그른지에 대해 성찰하지 않았다. 그는 단지 명령을 충실히 이행했을 뿐이라고 생각했다.

재판을 지켜보던 철학자 한나 아렌트는 그의 모습을 보며 깊은 고민에 잠겼다. 그녀가 본 아이히만은 잔혹한 괴물이라기보다는 평범한 사람이었다. 그는 가족을 돌보는 아버지였고 자신의 업무를 성실히 수행하던 직원이었다. 그의 모습 어디에서도 악마적 형상은 보이지 않았다. 그러나 아렌트는 이 평범함 속에서 중요한 진실을 발견한다. 아이히만의 죄는 잔혹한 성격에서 비롯된 것이 아니라 생각하지 않고 행동했기 때문에 발생한 것이었다.

아렌트는 이를 '악의 평범성'이라고 불렀다. 악은 특별하거나 희귀한 사람만의 행동이 아니라, 누구라도 사유하지 않을 때 무자각한 상태에서 끔찍한 악을 저지를 수 있다는 점에서 경고였다.

이 경고는 오늘날 우리에게 더 가까이 다가온다. 우리는 여전히 일상에서 발생하는 악을 목격한다. 포로를 동물처럼 다루는 군인들, 각종 테러, 신림역에서 벌어진 묻지 마 칼부림, 분당에서 발생한 차량 돌진과 흉기 난동 그리고 최근의 여러 폭력 사건은 우리를 충격과 두려움에 빠뜨렸다. 이들은 평범한 시민이었고 평범한 일상이었다. 그러나 그 속에서 악은 느닷없이 고개를 든다.

아이히만은 상관의 명령을 따랐을 뿐이라고 항변했다. 그에게는 자신의 행동이 어떤 의미를 지니는지 성찰할 여유가 없었다. 그것이 그가 저지른 가장 큰 죄였다. 명령만을 따르는 삶은 때로는 죄가 될 수 있다. 사유하지 않으면, 비판하지 않으면, 스스로 판단하지 않으면, 악은 그 틈을 비집고 들어온다. 그가 인간다운 면모를 잃은 이유는 스스로 생각하지 않았기 때문이다.

악은 거대한 폭력과 잔혹함 속에서만 존재하지 않는다. 악은 사유하지 않는 자의 일상에서도 쉽게 자리를 잡는다. 무심코 던진 말이 누군가에게 깊은 상처가 될 수 있고, 생각 없이 한 행동이 돌이킬 수 없는 결과를 낳을 수 있다. 우리는 우리 사회에 만연한 악을 보며 "나는 그들과 다르다"라고 쉽게 생각할지 모른다. 그러나 우리는 모두 제2의 아이히만이 될 가능성을 지니고 있다.

사유하지 않으면 우리는 악의 일원이 될 수 있다. 세상이 요구하는 것만을 따르고, 사회가 제시하는 길을 그대로 걸을 때 우리는 어느새 악의 평범한 구성원이 되어 있을지도 모른다. 그 악은 때때로 눈에 보이지 않지만, 점점 자리를 잡고 확장해 간다.

얼마 전 우리는 오송 지하차도 참사라는 비극을 경험했다. 미리 막을 수 있었던 사고였음에도 누구도 충분히 사유하지 않았다. 책임자들은 단지 자신이 맡은 업무를 이행했을 뿐이라고 말할지 모른다. 그러나 근면하게 일하는 것만이 미덕이 될 수는 없다. 사유하지 않는 근면은 그 자체로 또 다른 악을 낳을 수 있다.

한나 아렌트는 "스스로 생각하지 않는 것이야말로 악이자 죄다"라고 말했다. 이 말은 우리에게 깊은 울림을 준다. 사유는 선택이 아닌 필수다. 우리가 행하는 모든 행동은 우리의 생각에 따라 이루어진다. 그 행동이 옳은지, 누군가에게 해를 끼치지는 않는지, 더 나아가 사회와 공동체에 어떤 영향을 미칠지를 성찰하는 사유는 인간이 인간답게 살아가는 핵심이다.

세상은 복잡해지고 가치관은 점점 다양해진다. 선과 악의 경계는 더욱 흐릿해진다. 그렇기에 더더욱 사유가 필요하다. 사유는 단지 우리가 무엇을 해야 하는지 결정하게 할 뿐만 아니라, 어떻게 살아가야 하는지에 대한 답을 주기 때문이다. 사유하지 않는 삶은, 비판하지 않는 삶은 결국 우리를 그저 명령에 따르는 존재로 전락시킬 것이다.

사유하는 삶은 우리에게 묻는다. 내가 하는 행동이 무엇인

지, 그 행동이 타인과 사회에 어떤 영향을 미칠지 끊임없이
되돌아보게 한다. 이 질문이 반복될 때 우리는 비로소 악을
경계하고 그것에 맞설 수 있다.

"사유하지 않은 것, 그것이 바로 악이고 죄다."

한나 아렌트의 이 말이 우리의 가슴에 남아야 한다.

이기적 유전자

책에서 읽은 진딧물과 개미의 이야기가 유난히 인상 깊었다. 진딧물의 즙을 빨아 먹는 개미가 진딧물을 몰고 다니며 먹이 활동을 돕고 겨울이 오면 진딧물의 알을 자신의 집으로 데려와 보호해 준다. 개미는 진딧물의 배를 톡톡 건드려 꿀방울을 얻어먹으며 자기 먹이도 챙기지만 진딧물이 필요로 할 때는 항상 옆에서 지켜준다. 언뜻 보면 개미는 이기적이지만 진딧물과 끊을 수 없는 관계를 유지하며 공존하는 삶을 살아간다. 개미는 이렇게 '자신의 위'뿐만 아니라 '사회적 위'를 하나 더 가지고 있다. 이는 동료들을 위한 보관창고나 구휼 창고에 가깝다고 볼 수 있다.

이 이야기를 접하며 문득 나와 타인과의 관계를 생각했다. 나도 누군가와 이렇게 서로의 일부가 되어 살아가는 걸까. 아니면 필요할 때만 서로에게 기대고 있는 걸까. 대학 시절, 우리 집은 친구들의 놀이터였다. 넉넉하지 않은 시절이었다. 나는 집안 사정과 관계없이 늦둥이 막내라는 특권으로 우리 집의 대장이었다. 틈만 나면 친구들을 데리고 왔다. 특히, 시험 기간이 되면 집에 공부할 방이 없는 친구들을 집으로 데리고 왔다. 밤을 새워 이야기하고 공부하다 배가 고프면 한밤중에 부엌으로 몰래 내려가곤 했다. 커다란 양푼에 찬밥을 담고 냉장고 속 반찬 몇 가지를 넣어 고추장과 함께 쓱쓱 비벼 친구들과 나눠 먹었다. 철없던 시누가 아침 식탁에 올릴 반찬까지 다 먹어버렸으니 얼마나 황당했을까. 이때쯤이면 올케의 '사회적 위'가 작동한다. 친구들은 종종 그 일을 추억하며 모르는 척 넘어가 준 올케에 관해 고마움을 전한다.

나의 '사회적 위'는 수시로 작동했다. 나는 친구를 돕는다는 생각보다는 함께할 친구가 있다는 것이 즐거웠다. 물론 공부를 잘하는 친구에게 도움을 받으려는 이기적 의도가 있었을지도 모른다. 하지만 그보다는 친구들에게 작은 도움이라도 줄 수 있다는 뿌듯함이 나를 행복하게 했던 기억이다. 가정형편이 좋지 않은 친구가 공부에 몰두하는 모습을 지켜보며 느낀 기쁨은 내 마음속에 오래 남아있다.

인간의 본성은 이기적인 면과 이타적인 면이 동시에 존재한다. 개미의 위가 두 개인 것, 인간이 지식을 끊임없이 추구하는 것, 운동을 하고 몸에 좋은 음식을 먹는 것, 기부하고 봉사하는 것, 이 모든 행위를 리처드 도킨스는 유전자를 지키기 위한 프로그래밍 된 전략으로 본다. 이에 대해 독일 신경생물학자 요아힘 바우어는 "인간이 지구상에서 살아남을 수 있었던 것은 경쟁이 아닌 협력, 소통, 창의력이었기 때문"이라고 말한다. 바우어의 말은 나의 경험에 더 깊이 맞닿아 있다. 그는 인간의 이타적 행위와 선한 마음이 결코 무의미하지 않다고 말하며, 오히려 삶의 자세가 유전자 활동을 변화시킨다고 설명한다. 인간은 때때로 자신의 본능적 이기심을 넘어서 타인의 삶에 기꺼이 스며들고, 그 사람의 일부가 되기도 한다.

과연 나는 이기적 유전자에만 충실한 존재일까. 도킨스의 이기적 유전자가 진실이라 해도, 우리는 우리 안에 사회적 위라는 또 다른 본능을 덧입힌 채 살아가기도 한다. 요즘 세상을 각자도생의 시대라고들 한다. 그러나 나는 여전히 우리 내부에 있는 사회적 위를 활성화하며, 더불어 살아가는 삶의 가치를 믿는다. 개미가 진딧물을 돌보고, 동료가 배고플 때 자신의 위에 저장한 음식을 나누어주는 것처럼, 우리도 서로의 삶 속에 하나의 사회적 위를 마련할 때 더 깊은 만족과 행복을 경험할 수 있다.

내가 누군가의 일부가 되고, 누군가가 내 삶에 스며드는 순간 속에서 우리는 이기심을 넘어서는 따뜻한 관계를 이어갈 수 있다. 우리도 '사회적 위' 하나씩 달면 어떨까. 더불어 살아가는 세상만이 우리의 좋은 유전자를 지키고 보존하는 일이니까.

녹록지 않은 삶이다. 지금 우리는 나를 넘어 타자와 공존하는 지혜가 필요하다. 공생의 포자를 늘려 가야 한다. 눈앞의 이익을 추구하는 우리의 삶에 인간 본성의 휴머니즘이 발휘돼야 한다. 서로의 삶에 일부가 되어 사회적인 위를 나누는 일이야말로 우리가 진정으로 인간답게 사는 길이리라. 우리 내부에 똬리를 틀고 있던 이기적 유전자가 있다면 이타적 유전자를 덧입혀 서로의 일부로 살아가야 한다. 그것이 진정 행복한 세상이며, 우리를 인간답게 만드는 길이다.

은행나무 숲에서

바람 한 가닥, 비 한줄기에 가을이 저물어간다. 나무는 햇살을 모아 잎을 키우던 일을 멈추고 이제 떠날 준비를 한다. 강원도 홍천으로 가는 길, 만추의 서정을 듬뿍 느낄 수 있는 이맘때가 제격이다. 고갯길을 따라 펼쳐진 단풍의 자태는 숨이 멎을 만큼 아름답다. 은행잎은 깎아지른 벼랑 아래로 우수수 떨어지고, 단풍잎은 구름 한 점 없는 하늘을 배경으로 햇살을 받아 반짝인다. 모든 것이 제자리로 돌아가는 시간 속에서 나는 가을의 한가운데 잠시 머문다.

차는 굽이굽이 산자락을 돈다. 적성산의 붉은 치맛자락 너머로 새벽의 붉은빛이 빈 가지 사이로 비친다. 햇살에 반사된

빛바랜 단풍의 색채가 눈길을 사로잡는다. 빛나는 홍엽의 잎사귀들은 신비롭고 환상적이다. 마치 은자(隱者)가 자신의 존재를 숨기듯, 단풍은 고요하게 자신을 드러낸다.

몇 개만 달린 감나무, 수확을 기다리는 들판의 푸르른 배추, 기암절벽 옆을 흐르는 맑은 계곡물이 차창 밖으로 스쳐 간다. 모든 풍경이 조화롭다. 정오 무렵, 홍천 은행나무 숲에 도착했다. 이곳에서 나는 직접 채취한 농산물과 먹거리로 채워진 장터를 지나 달둔교를 건넜다. 억새 사이로 청정한 계곡물이 하늘을 담고 있다. 낙엽으로 덮인 산길을 걸으니 가을의 빛깔은 어느새 내 마음을 붉게 물들인다.

길 끝에서 모습을 드러낸 은행나무 숲. 이곳은 가을이면 황금빛으로 물든다. 30여 년간 한 부부가 공들여 가꾼 정원이다. 부부는 매년 단풍이 절정을 이루는 10월 한 달간만 이곳을 일반인들에게 개방한다. 은행나무 한 그루 한 그루가 각자의 색채로 빛을 뽐내며 황홀한 풍경을 연출한다. 절정이 지난 숲에는 은행잎이 황금빛 카펫처럼 깔려 있다. 나는 소녀처럼 소복하게 쌓인 은행잎을 한 줌 주워 하늘로 뿌려 본다. 나무 사이로 스며드는 햇살은 은행잎을 더욱 반짝이게 한다.

깊은 산속에 은행나무를 심은 이유가 궁금했다. 몹쓸 병에 걸린 아내를 위해 남편은 이곳으로 이사했다. 홍천의 삼봉약수가 위장병과 신경통에 효험이 있다는 소문을 듣고 아내의 병을 치료하려고 정착한 것이다. 그리고는 '장수'를 뜻하는 은행나무를 심으면서 30년 동안 2천 그루의 나무를 심어 오늘날 숲을 이루었다.

벤치에 앉아 바라본다. 찬란한 은행나무 행렬 사이로 남편의 정성과 소망이 느껴진다. 부인의 병이 나아지기를 바라며 한 그루씩 심었을 나무가 모여 이제 웅장한 숲이 되었다. 나무가 자라는 만큼 부부의 사랑도 단단히 뿌리를 내렸으리라. 서로를 존경하며 묵묵히 동행했던 부부의 삶이 나무에 고스란히 스며있는 듯하다.

은행나무는 열매를 맺기까지 오랜 시간이 걸려 공손수(公孫樹)라 불린다. 손자 대에 가서야 열매를 맺는다고 한다. 긴 세월 동안 뿌리를 내리고 자라는 은행나무처럼, 부부의 사랑도 시간과 함께 깊어졌으리라. 은행나무는 사람의 손길로 열매를 퍼뜨릴 수 있다. 사랑도 숲처럼 가꾸어야 한다. 서로를 배려하고 돌보는 손길이 있어야만 진정한 사랑이 완성된다.

홍천 은행나무 숲은 부부의 사랑이 만든 치유의 숲이다. 같은 듯 다른 색채가 조화를 이루는 숲처럼 두 사람의 사랑도 서로의 차이를 품으며 하나의 숲을 이루었다. 돌아오는 길, 남편의 정성과 사랑의 한 조각이 내 마음에도 스며드는 듯하다. 홍천의 이 은행나무 숲은 부부의 삶, 우리가 모두 바라는 따뜻한 공존의 이야기다.

은행나무 숲을 걸으며 나는 문득 나무와 사랑의 공통점을 떠올렸다. 성목이 되기까지 인내와 정성이 필요하며 그 끝은 우리가 가꾸어낸 모습 그대로 남는다는 점이다. 부부의 사랑도, 우리의 삶도, 은행나무처럼 오래도록 깊은 뿌리를 내리고 아름다운 숲을 이루길 바란다. 이 숲은 우리가 품고 있는 사랑의 메시지를 대변하며, 깊은 가을 속에서 우리의 마음을 따뜻하게 채워 준다.

금속활자, 세상을 기록하다

❧

"甲寅五月日西原府興德寺禁口臺座"(갑인오월일서원부흥덕사
금구일좌)

1985년 10월 8일 폭우가 내리던 날, 흥덕사 절터 발굴 현장
에서 발견된 깨어진 15자의 금구는 인류 문명사를 다시 써야
하는 증거가 되었다.

이 금구의 발견으로 '직지(直指)'의 이야기를 다시 수면 위로
끌어올리게 되었으며, 기록된 역사의 빈틈을 메우는 시작점이
된다. 직지는 단순히 세계 최초의 금속활자본이라는 기술적
의미를 넘어, 인류가 어떻게 지혜를 축적하고 이를 후대로 전
해왔는지에 대한 중요한 물음을 던진다.

박물관에 들어서면 가장 먼저 눈길을 사로잡는 것은 바로 '활자로 피운 꽃 직지'이다. 금속활자본 직지 상·하권 78장을 복원한 조형물은 그 자체로 강렬한 인상을 남기며 관람객을 매료시킨다. 청주는 직지의 발견을 계기로 기록문화의 중심지로 자리 잡았다. 직지를 비롯한 다양한 기록유산은 2천 년에 걸친 청주의 역사와 문화를 담아내며, 이 도시를 기록문화의 수도로 새롭게 정의하고 있다.

청주시의 '나만의 소중한 책 펴내기 시민 운동'은 이러한 기록의 전통을 현대적으로 계승하는 노력의 하나이다. 자신이 쓴 글을 책으로 엮는 경험은 단순한 창작을 넘어 자기 삶의 의미를 되새기고 미래를 준비하는 과정이다. 나는 이 운동의 하나로 1인 1책 강사로 활동하며, 시민들이 자신의 이야기를 기록하고 책으로 완성하는 여정을 돕고 있다.

수강생들은 직업도 다르고 다양한 연령대로 채워져 있다. 여든이 넘은 한 어르신은 청력을 잃었음에도 문자의 힘으로 세상과 소통하며 자신의 이야기를 세상에 전하고 있다. 그분에게 문자는 단순한 소통의 도구를 넘어 삶의 또 다른 통로이다. 만약 문자가 없었다면, 그 어르신은 자신의 생각을 글로 풀어낼 수 없었을 것이고, 그저 가슴속에 묻어둔 채 살아야

했을 것이다.

젊은 수강생들은 어르신의 글을 통해 자신이 경험하지 못한 시대를 엿보며, 마치 살아 있는 역사책을 읽는 듯한 감동을 느낀다. 동화를 쓰는 수강생은 상상력의 자유로움을 배우고, 묵상록을 엮는 수강생은 내면의 성찰을 통해 자기 삶의 의미를 재발견한다. 비록 글쓰기가 서툴고 맞춤법이 틀리기도 하지만, 수강생들이 한 권의 책으로 엮어질 그 날을 기대하는 모습은 큰 감동을 준다. 그들의 책은 단순한 종이와 글자의 집합체가 아니라 한 사람의 삶의 기록이자 시간의 흔적이다.

직지심체요절이 보여주는 것은 기록의 중요성이다. 기록은 단순히 과거를 보존하는 것이 아니라, 현재를 비추고 미래로 나아가는 길잡이이다. 『직지』를 인쇄한 백운화상과 그 제자들, 이를 프랑스에서 발견해 세계에 알린 박병선 박사처럼, 기록을 통해 새로운 역사를 만들어가는 사람들이 있다.

조선 시대 문장가 간서치 이덕무가 책을 필사하며 양식을 마련했고, 유득공이 생계를 위해 첨삭 작업을 하며 글쓰기를 이어갔던 것처럼, 기록은 고통과 시련 속에서도 희망을 품고 새로운 길을 열어가는 힘이다. 기록은 과거의 교훈을 현재에 녹여내고 이를 바탕으로 더 나은 미래를 설계하는 디딤돌이다.

활자의 흔적은 역사의 발자취이며, 기록은 내일의 기억이다. 이제 직지를 탄생시킨 도시 청주 시민들에게 남은 과제는 이 찬란한 문화유산을 단지 박물관에 보관된 유물로 남겨두지 않고 현재와 미래로 이어가는 것이다. 시민 개개인이 자신의 이야기를 기록하고, 그 기록들이 모여 새로운 역사를 만드는 과정은 직지의 가르침을 오늘날에 계승하는 길이다.

직지는 단지 금속활자의 발명이라는 기술적 성취를 넘어, 인간이 쌓아온 지혜와 깨달음을 어떻게 전하고 나눌 것인가에 대한 답을 담고 있다. 나는 1인 1책 운동을 통해 직지의 정신, 즉 깨달음과 지혜를 현대적으로 실천하고 있다는 사실에 깊은 자부심을 느낀다. 직지와 함께 살아 숨 쉬는 기록의 도시로서 청주가 다양한 콘텐츠와 문화적 활용을 통해 세계적인 기록문화의 중심지로 발전하기를 기대한다.

기록은 현재를 이해하고 미래를 여는 문이다. 그리고 그 문을 열어가는 것은 바로 우리의 몫이다. 나는 직지의 가치가 나와 우리 모두의 삶 속에서 실현되기를 바라며 1인 1책 수업을 위해 오늘도 기록의 여정에 한 걸음을 내디딘다.

따로 또 같이

～

카톡으로 부고장이 도착했다. 문학 모임 회원인 K작가님의 부군께서 갑자기 돌아가셨다는 소식이었다. 작가님은 55세에 급성 당뇨로 시력을 잃으신 뒤, 공기 좋은 청주로 요양을 위해 내려오셨다가 옥산에 정착하셨다. 반면, 작가님의 남편은 서예 국전 심사위원으로 제자들을 가르치는 일을 위해 분당에 머물고 계셨다.

부부는 20년 넘게 한 가족 두 집 살림을 이어왔으나 행복한 부부였다. 아침 8시 반, 남편께서는 어김없이 전화를 걸어 작가님의 안부를 묻고 하루를 꼼꼼히 살폈다. 불편한 일이 없는지 확인하고, 필요한 물건이나 먹거리는 택배로 보내셨다. 가

끔찍은 청주로 내려와 함께 시간을 보내다 다시 분당으로 돌아가곤 했다.

현대인의 부부 형태는 다양하다. 직업이나 개인의 선택에 따라 떨어져 사는 부부도 흔하다. 하지만 여전히 이런 부부를 보며 "부부 사이에 문제가 있나?"라며 선입견을 품는 사람도 있다. 나 역시 처음에는 몸이 불편하신 작가님을 혼자 계시게 하는 것이 이해되지 않았다. 그러나 시간이 흐르며 두 분의 선택이 서로의 행복을 존중한 결과임을 알게 되었다. 두 사람은 서로의 독립성을 인정하며 함께 사는 것 이상의 깊은 관계를 만들어갔다.

우리도 20년 넘게 주말부부로 지냈다. 그 과정에서 자유로움과 불편함이 공존했으나 서로를 위한 최선의 선택이었다. 주변 사람들은 농담 삼아 "주말 부부는 전생에 나라를 구해야 가능하다"라며 나를 부러워하곤 했다. 나는 "20년을 넘게 따로 사니 나라를 여러 번 구했나 보다"라며 웃음으로 받아넘기곤 했다.

우리 부부가 따로 살게 된 건 집을 마련하기 위해서였다. 당시 지방으로 내려가면 대출이 가능했기에 서울에 집을 마련할 수 있었고, 치매와 당뇨로 앓는 시아버님을 돌보고 계신

어머님을 도와드릴 겸 당분간 청주로 내려가기로 한 것이었다. 잠시 머물 거로 생각했는데 시아버님이 돌아가시고 어머님이 혼자 남게 되니 더더욱 청주를 떠날 수 없어 정착하였다. 남편은 새벽 5시 반이면 어김없이 서울행 기차를 타러 나가고 저녁 8시에야 청주 집에 돌아오는 생활을 10년 넘게 이어갔다. 그러다 결국 주말부부로 전환하게 되었다.

논술 교사로 활동하며 아이들을 키우는 일이 만만치 않았다. 더구나 아이들에게 아빠의 빈자리를 채우는 일이 쉽지 않았다. 그러나 우리는 서서히 적응해 나갔다. 아이들은 주말마다 아빠를 손꼽아 기다렸다. 남편도 가족을 위해 최선을 다했다. 학습 자료와 신문 스크랩 기사를 준비해 아이들의 부족한 학습을 보충해 주었고, 이곳저곳 함께 여행을 다니며 주말을 가족만의 시간으로 채웠다. 주말에도 고등부 수업으로 바쁜 나를 위해 시장을 보고 집안일을 챙기며 바쁜 주말을 보내고 월요일 새벽에 다시 올라갔다.

꼭 함께 있어야만 금실이 좋은 것은 아니다. 서로의 삶을 응원하고 존중하는 것이 진정한 부부 관계이다. 우리는 서로의 일정을 미리 공유하고, 각자의 삶의 영역을 인정하고 소중히 여겼다. 남편은 나에게 무리한 요구를 하지 않았다. 나 역시 남편이 아이들을 챙겨주는 것만으로도 고마울 따름이라 생각했다. 이 같은 배려와 존중이 우리 부부의 빈틈을 채워 준 게 아닌가 싶다. 이성적인 남편과 감성적인 내가 투덜거리면서도 살아갈 수 있었던 건 각자의 삶을 존중하는 노력이 있었기 때문이다.

남편이 퇴직한 뒤에도 우리 부부의 '따로 또 같이'의 삶은 계속되고 있다. 남편은 오랜 직장 생활을 벗어나 하고 싶었던 일들을 하나씩 이루어나가고 있고, 나는 여전히 강의와 상담 활동을 이어가고 있다. 우리는 여전히 '따로 또 같이'의 삶을 살아가며 서로를 응원하며 산다.

'따로 또 같이'라는 관계의 미학은 우리 부부가 걸어온 삶의 지혜이자 삶의 방식이다. 나는 지인들에게 "다시 태어나도 결혼은 하겠다"라고 서슴없이 말한다. 각자의 생활은 달라도 마음은 함께한다는 것이야말로 현대 사회에서 느껴지는 외로움을 이겨낼 힘이 된다. 남편은 언제나 내 삶의 반경 어딘가에 존재하며 그 존재만으로도 나에게 위안을 준다.

카뮈는 "홀로됨과 같이함을 오가는 나룻배"라고 말했다. 우리는 그 나룻배 위에서 서로의 모난 부분을 부드럽게 깎아내며 조화를 이루고 있다. 부부란 서로의 등을 내어주며 다정히

긴 길을 함께 걷는 존재다. 우리 부부는 지금도 서로의 아집을 깎아내며 화합을 이루는 여정을 걷고 있다.

'따로 또 같이' 삶은 부부 생활의 진정한 묘미를 느끼게 한다. 인간은 불완전한 존재이다. 그것을 잊지 않는다면, 우리는 '따로, 그러나 또 같이' 살아갈 수 있다. '따로 또 같이'의 미학 속에서, 함께 걸어가는 길이야말로 우리가 만들어가야 할 또 하나의 삶의 모습이다.

나눔의 가을

～

새벽 공기가 코끝을 차갑게 스친다. 여름의 열기가 잔잔히 물러가고, 이제 가을이 세상을 감싸 안으려 문턱에 서 있다. 비 내리는 고요한 아침, 산길을 따라 걸으며 생각에 잠긴다. 산은 늘 그 자리에 있지만, 계절의 변화는 새로운 풍경을 선물한다. 스치는 바람, 촉촉한 흙 내음, 나뭇잎 하나까지도 새롭게 다가온다. 자연은 그 작은 변화 속에서도 매번 우리에게 의미를 전한다.

길을 걷다가 눈에 들어온 것은 떨어진 밤송이들이다. 비가 내려서인지 길가에는 주어지지 않은 밤들이 반짝이며 남아 있었다. 매끈한 밤을 손에 쥐는 순간, 가을의 풍요로움이 내 안에 스며드는 듯했다. 가방에서 비닐봉지를 꺼내 한 알 한 알 밤을 주웠다. 단순한 행위였지만 자연이 준 결실을 손끝으로 느끼며 감사함이 마음에 차올랐다.

그러나 얼마 지나지 않아 가방에 넣어둔 비닐봉지가 떨어졌고, 담겨 있던 밤송이들은 사방으로 흩어졌다. 순간의 실수에 머뭇거리며 흩어진 밤송이를 바라보았다. 다시 주워 담기에는 널리 퍼져버린 밤송이들이 쉽게 다가오지 않았다.

바로 그때, 산길을 따라 내려오던 트럭 두 대가 멈추었다. 전기 공사를 위해 산에 들어온 기사님들이었다. 나는 손짓으로 지나가라는 신호를 보냈지만 앞서 오던 트럭 기사님이 차에서 내려 조용히 흩어진 밤송이를 모으기 시작했다. 뒤따르던 기사님도 자연스럽게 합류했고 이내 몇몇 등산객들까지 하나둘 모여들어 밤송이를 주웠다.

그들의 행동은 말없이 이루어졌지만, 그 안에는 깊은 나눔의 의미가 담겨 있었다. 각자의 바쁜 일정 속에서도 잠시 시간을 내어 내 곁에 선 그들은 작은 친절을 통해 따뜻함을 나누었다. 한 알 한 알 손끝으로 건네받는 밤에는 단순한 열매 이상의 온기가 실려 있었다.

이 짧은 사건 속에서 나는 나눔의 본질을 다시금 깨달았다.

나눔이란 물질적인 것을 주고받는 것 이상의 이야기다. 그것은 상대방의 필요를 헤아리고 그 순간에 손을 내미는 행동에서 시작된다. 트럭 기사님들과 등산객들의 행동은 작은 친절의 연쇄가 큰 울림으로 돌아올 수 있음을 보여주었다.

우리 인간관계는 나눔을 통해 깊어지고 풍성해진다. 가을이 자연의 결실을 우리에게 내어주듯 우리는 서로에게 결실이 될 수 있다. 때로는 아주 사소한 행동이 누군가의 삶에 깊은 영향을 미칠 수 있다. 흩어진 밤송이를 모으며 작은 손길들이 모여 큰 따뜻함으로 변하는 순간을 경험했다. 이런 경험은 인간관계의 본질이 나눔에 있다는 사실을 다시금 일깨운다.

가을은 단순히 열매를 맺는 계절이 아니다. 그것은 사람들 사이의 연결을 통해 새로운 열매를 맺는 시간이다. 우리의 삶에도 흩어진 밤송이처럼 예상치 못한 순간들이 찾아올 것이다. 하지만 그 순간마다 누군가의 손을 잡고 나누며 살아간다면 우리의 삶은 더욱 충만해질 것이다.

이 가을, 자연이 전해준 풍요로움과 사람들의 따뜻한 나눔은 내 마음속에 오래도록 남을 것이다. 그리고 그날의 기억은 앞으로 내가 누군가에게 손을 내밀 순간에 잊지 않을 등불이 되어줄 것이다.

7.

자존감 희망 찾기

손바닥의 앞과 뒤는 가장 가까운 사이지만

뒤집지 않고는 볼 수 없는 가장 먼 사이다.

뒤집기는 사고의 전환이다.

뒤집고 보면 이렇게 쉬운 걸 싶지만

뒤집기 전엔 구하는 것이

멀기만 하다.

뒤집기

설 명절이다. 시대가 바뀌었다 해도 이즈음이면 명절증후군이 생긴다. 일 년에 고작 두 번 치르는 일인데도 마음부터 불편해진다.

나는 외며느리다. 음식 중에 가장 손이 많이 가는 것은 전을 부치는 일이다. 동서라도 있으면 도란도란 이야기를 나누며 부친다면 일손도 덜고 수고도 줄겠지만, 외며느리 자리에 시집을 왔으니 혼자 감당해야 하는 일이다.

올해도 서너 가지 전거리를 준비했다. 어머님이 쓰시던 뒤집기가 처연하다. 나무 주걱의 반듯했던 앞부분이 산전수전 다 겪느라 몰골이 말이 아니다. 훤칠한 키에 늘씬한 몸매는 온데간데없다. 어머님 삶의 굴곡처럼 세월의 흔적인가. 마치 옆에서 전거리를 다듬어 주시는 어머님의 굽은 등처럼 휘어 있다.

전을 뒤집는다. 씨름에서 자기 상체를 상대의 배 밑으로 넣고 허리를 젖혀 상체를 어깨 뒤로 넘기는 기술을 뒤집기라 한다. 선수들이 절묘하게 뒤집는 순간을 보며 관중들은 힘찬 박수를 보낸다. 나의 뒤집기 실력도 그에 못지않다. 엎치락뒤치락하고 사느라 짧고 뭉뚝한 모양이지만 내 손에서 착착 감기며 기술을 발휘하는 뒤집기 덕분이다.

사람도 뒤집기를 하는 시기가 있다. 낡은 앨범 속에서 첫 뒤집기 하던 딸의 모습을 본다. 온몸이 땀투성이다. 이마에 구슬땀이 송골송골 맺힌다. 작은 몸을 감싼 옷이 촉촉하도록 뒤집기를 시도한다. 안간힘을 쓰는 모습을 보며 온몸의 근육에 힘이 불끈불끈 들어갔던 기억이다. 아가들의 그 작은 체구에서 우러나는 근성은 어디에서 나오는 걸까. 강단 있게 뒤집기에 성공한 딸은 거친 호흡을 하면서도 엄마를 향해 웃음 짓는다. '세상 앞에 주어질 모든 일들을 잘 해낼 수 있다'는 무언의 메시지는 내 삶의 의미였다.

우리는 나이가 들수록 뒤집기에 주저한다. 도전보다는 안정감을 추구한다. 낯선 일과 마주하는 것에 굼뜬 것은 변화를 두려워하기 때문이리라. 뒤집으면 보이는 또 다른 삶이 있다. 낯설고도 새로운 곳을 바라보는 일은 또 다른 나를 찾아가는 길이다. 나로부터 일탈하여 밖에서 경험을 내 안으로 들여오면 새로운 나를 만난다.

다람쥐 쳇바퀴 돌 듯 사는 나의 삶에 뒤집기를 시도했다. 늦어도 한참 늦은 나이에 대학원 박사과정에 도전했다. 내게도 아픔의 시간이 있었다. 한동안 혼자만의 시간 속에 머물렀다.

이덕무의 '나는 나를 벗 삼는다'고 한 ≪오우아≫의 한 구절이 그런 나에게 큰 위로가 되었다. 책은 내가 나를 벗 삼을 때 동행하는 또 다른 나의 벗이다. 다양한 장르의 책을 넘나들며 좋은 작품과 문장을 읽고 필사하는 일은 자가 치유가 되었다.

책 속에서 '문학치료'라는 학문을 만났다. 문학작품을 선정하여 영화, 미술, 음악 등을 매개체로 마음을 치유하는 일이다. 어느 교수님이 "이 세상은 어쩌면 아픈 사람이 모인 큰 병원인지 모른다."라고 했다. 인생의 여정을 걷노라면 수많은 문제와 마주한다. 그 과정에 생긴 아픈 상처를 치유하지 않으면 부정투성이인 내가 되고 마음의 상처는 큰 덩어리로 굳는다. 그 일을 돕는 일은 작가로서의 소명이고 삶의 보람이라는 생각이 들었다.

합격 소식을 듣고 고민이 많았다. 늦은 나이에 무슨 공부냐고, 쉬면서 여행이나 하지 왜 고생길을 택하느냐 나무라는 사람도 있었고, 백세시대라며 나의 뒤집기를 적극 응원하는 분도 있었다.

손바닥의 앞과 뒤는 가장 가까운 사이지만 뒤집지 않고는 볼 수 없는 가장 먼 사이다. 뒤집기는 사고의 전환이다. 뒤집고 보면 이렇게 쉬운 걸 싶지만 뒤집기 전엔 구하는 것이 멀기만 하다. 아가들의 뒤집기처럼 세상을 향한 모든 도전에는 뒤집어 보는 방식이 스며있다. 시선의 뒤집기, 선택의 뒤집기, 생각의 뒤집기는 삶의 방향을 진화시킨다.

삶의 방식을 뒤집은 나는 젊은 선후배들, 동기들 틈에서 버티려 수시로 뒤집기를 했다. 처지를 뒤집어 보면 서로의 간극이 좁혀진다. 다행히 나이가 많은 사람에 대한 선입견을 깨고 그간의 경험과 실패로 다져진 오래된 지혜와 연륜을 인정해주었고, 나 역시 젊은 세대의 참신함과 순발력, 문화의 차이를 수용하면서 과정을 마무리했다.

나의 뒤집기는 제2의 인생 출발점이 되었다. 문학으로 치유에 이르게 돕는 일, '문학 테라피스트'는 나의 또 다른 사명이다. 결과가 어떠하든 뒤집기는 주체적인 삶의 하나이고 나답게 사는 방법의 하나이다. 뒤집기를 하는 딸의 사진을 수시로 들여다보며 힘을 낸다.

인생에 있어서 가끔은 한판 대결 같은 뒤집기가 정녕코 필요하리라.

걸림돌을 디딤돌로

아버지의 고향인 의성으로 가는 길은 늘 묘한 감정을 불러일으킨다. 상주 고속도로를 빠져나와 한적한 시골길을 달리다 보면 어느새 20~30가구가 모여 사는 강씨 집성촌에 도착하게 된다. 십여 년 전, 큰오빠 부부는 부모님의 산소 가까이 살기 위해 이곳으로 이사했다. 도시 생활에 익숙했던 오빠 부부에게는 낯선 환경이었지만 이내 텃밭을 가꾸며 수확의 기쁨을 알아갔다.

그날 저녁, 오빠는 새벽부터 밭에서 주먹만 한 돌부터 작은 자갈까지 치우느라 고생한 이야기를 했다. 나로서는 그 수고가 다소 무의미하게 보였다. 참깨 씨앗이 돌을 뚫고 자라지 못할까 의심스러웠기 때문이다. "차라리 참깨를 사 먹는 게 낫지 않을까"라고 투덜거리는 나에게 오빠는 묵묵히 웃을 뿐이었다.

그때 옆에 있던 언니가 텃밭에서 양배추 모종을 키우는 이야기를 꺼냈다. 함께 심은 모종 중 한 포기가 겨우 생명을 유지하고 있다고 했다. 우리는 밭으로 나가 그 양배추를 뽑아보았다. 놀랍게도 양배추 뿌리 아래 검은 비닐이 깔려 있어 뿌리 성장을 막고 있었다. 이 비닐이 바로 양배추의 성장을 방해하는 걸림돌이었다.

이 일은 나에게 큰 깨달음을 주었다. 오빠가 밭에서 치운 돌이나 양배추 뿌리 아래 깔려 있던 검은 비닐은 모두 생명의 성장을 방해하는 '걸림돌'이었다. 오빠의 꾸준한 수고는 결코 무의미한 일이 아니었다. 돌과 비닐을 제거하자 밭은 비로소 생명이 자랄 수 있는 터전으로 변했다. 밭에서 방해물이 사라진 자리가 바로 생명의 '디딤돌'이었다.

우리의 삶도 이와 다르지 않다. 삶의 길에서 수많은 걸림돌을 만날 때가 있다. 처음엔 그것이 우리를 좌절하게 하고 무력감을 주기도 한다. 그러나 이 걸림돌들을 어떻게 극복하느냐에 따라 그것이 디딤돌로 바뀔 수 있다. 걸림돌을 피하지 않고 맞서며 하나씩 극복해 나가면 그 과정에서 우리는 한 단계 더 성장하고 더 나은 삶으로 나아갈 수 있다.

나 또한 살아오면서 수많은 걸림돌을 마주했다. 학교에서, 직장에서, 그리고 인간관계 속에서 끊임없이 걸림돌이 내 앞을 가로막았다. 결혼 전, 부모님이 돌아가셨을 때도 그랬다. 하지만 세 명의 오빠는 부모님의 자리를 대신해 단단하게 내 삶의 디딤돌이 되어주었다.

오빠들은 내가 잘 성장할 수 있도록 세심하게 돌봐 주었다. 부모님이 계시지 않다는 사실이 내 삶의 걸림돌이 되지 않도록 오빠들은 언제나 나를 배려하고 보살폈다. 혼기가 차자, 오빠들과 올케들은 여러 통로로 만남을 연결했다. 중매를 주선하는 이들이 때로 부모님의 부재를 흠으로 여길 때도 있었다. 그때마다 오빠들은 "부모님은 누구나 떠나게 마련이야." 라고 말하며 내가 상처받지 않도록 마음 써 주었다.

결혼 후에도 오빠들은 친정 부모님의 빈자리를 채워 주었다. 시댁 대소사를 챙기고 며느리의 도리를 다할 수 있도록 부족한 부분을 살펴 주었다. 친정에 갈 때마다 아이들과 생활에 보탬이 되는 것을 챙겨 주기도 했다. 덕분에 부모님이 계시지 않은 친정이었지만, 친정 부모가 있는 것보다 더 많은 사랑을 받고 안정감을 느끼며 결혼 생활을 할 수 있었다. 오빠들은 언제 어디서나 그렇게 내 삶의 디딤돌이고 든든한 울타리였다.

나는 살면서 걸림돌을 피하지 않고, 그것을 디딤돌로 바꾸는 연습을 했다. 그 과정이 쉽지 않았다. 그러나 삶의 관점을 바꾸면 세상이 달라 보였다. 걸림돌을 극복한 경험이 내 삶을 더 단단하게 만들어 주었다.

우리가 무심코 던진 말이나 행동이 사랑하는 사람에게 걸림돌이 될 수도 있고 디딤돌이 될 수도 있다. 삶은 끊임없는 도전과 장애물로 가득 차 있다. 장애물에서 벗어나려 애쓰기보다 그것을 딛고 나아갈 때 비로소 성장한다. 그 과정에서 우리는 더 단단해진다.

서로의 삶에 선한 영향력을 미치는 일은 디딤돌을 놓아 주는 일이다. 그런 삶의 길이야말로 행복한 삶으로 가는 길이라고 믿기에, 언젠가 또 맞이할 걸림돌이 결코 두렵지 않다. 걸림돌은 성장과 행복으로 이어지는 또 다른 시작일 뿐이라고 되새긴다.

금빛 별표, 잿빛 전표

학업 중단 위기에 처한 K와의 상담이 있는 날이었다. 약속된 시간에 K는 나타나지 않았다. 얼마 후 K가 학교에 들어오기를 거부하고 있다는 부모님의 전화가 왔다.

나는 급히 교문 앞으로 나갔다. K는 불안과 두려움에 휩싸인 채 부모님과 대치하고 있었다. 그날이 K와의 첫 만남이었다. 나는 K의 혼란스러운 마음속 두려움을 어떻게 풀어줄 수 있을지 고민하며 조심스레 마음의 문을 두드렸다.

K는 자신의 불안을 겉으로 아무렇지 않은 듯 애써 숨기려 했지만, 그 속에는 잿빛 전표처럼 깊은 상처가 자리 잡고 있다. 그 상처는 친구들에게 받은 놀림과 따돌림에서 비롯된 것

이었다. '말더듬이'라는 말이 K의 머릿속을 지배하면서 학교 생활에 대한 두려움과 불안이 눈덩이처럼 불어났다. 결국 K는 세상과 단절을 선택하고 컴퓨터와 휴대전화 속으로 숨어버렸다.

K를 조심스레 다독여 상담실로 데려갔다. 나는 K가 자신의 감정을 조금이라도 더 솔직히 표현할 수 있도록 문학을 활용한 독서치료를 시도하기로 했다. 먼저 치유동화『소피가 화나면, 정말 정말 화나면』이라는 책을 K에게 건넸다. 이 책에서는 소피가 분노를 느끼는 상황과 그것을 다스리는 과정을 이야기한다.

K가 소피의 이야기를 들으며 자신의 감정을 동일시할 수 있도록 미술, 음악치료를 활용하며 천천히 대화를 이끌었다. 소피가 화를 내는 장면에서 K가 스스로 내면의 감정을 풀어내기 시작했다. 책 속의 주인공 소피와 함께 분노와 좌절을 나누는 경험은 K에게 큰 위로와 힘을 준 것이었다.

다음 상담에서『너는 특별하단다』라는 책을 선정했다. 이 책은 웸믹이라는 나무 사람들의 이야기를 담고 있다. 웸믹들은 서로에게 금빛 별표나 잿빛 점표를 붙이며 서로를 평가한다. 주인공 펀치넬로는 친구들에게 끊임없이 잿빛 점표를 받으면서 점점 더 자신을 초라하게 느낀다. 하지만 금빛별표와 잿빛전표가 전혀 붙지 않은 웸믹 루시아를 만나며 새로운 깨달음을 얻는다. 루시아의 조언으로 펀치넬로는 자신을 만든 엘리 목수를 찾아간다. 엘리 목수는 펀치넬로에게 "전표는 네가 중요하게 생각할 때만 붙는 거란다. 나는 너를 만들었기에 이미 너는 특별한 존재란다."라고 말한다. 이 말을 받아들이기 시작하자 펀치넬로의 몸에 붙어 있던 전표들이 하나둘 떨어지기 시작한다.

펀치넬로의 이야기를 읽고 K도 자신을 돌아보게 되었다. '말더듬이'라는 잿빛 전표가 자신을 억누르고 세상과 단절시킨다는 사실도 깨달았다. 펀치넬로처럼 스스로를 있는 그대로 받아들이고 자신만의 가치를 발견해야 한다는 희망을 품게 되었다.

상담을 이어가며 K는 조금씩 변화를 보이기 시작했다. 학교에 나와 함께 책을 읽고, 감정을 나누며 자신을 표현하는 연습을 했다. 물론 K의 상처가 하루아침에 사라지지는 않았다. 하지만 K는 이제 친구들의 평가나 외부의 시선에만 얽매이지 않고, 자기 내면의 소리에 귀 기울였다. 그는 책 속에서 새롭게 자신을 발견했고 그 힘으로 조금씩 어둠 속에서 스스로 걸어 나왔다.

다른 사람에게 받은 상처와 두려움은 무의식에 숨어 있다가 언제 어디서든 그 모습을 드러낸다. 그 상처는 마음을 짓누르고 스스로를 사랑하지 못하게도 한다. 사람들의 시선과 평가에 의해 붙은 잿빛 전표들은 K의 가치를 흐리게 한다. 하지만 진정한 자아는 그 너머에 있다. 금빛 별표도 잿빛 전표도 결국 남들이 붙여놓은 외적인 평가일 뿐이다. 자기 자신이 그것에 의미를 두지 않는 순간 K는 더 이상 그 전표들에 얽매이지 않게 된다.

진정한 치유는 타인의 시선이 아닌 나 스스로를 어떻게 바라보느냐에 달려 있다. 엘리 목수의 말처럼 나 스스로에게 붙인 전표들에 의미를 두지 않을 때, 상처는 하나둘 떨어져 나가기 시작한다.

K는 이제 자신을 갇히게 했던 두려움에서 조금씩 벗어나고 있다. 그의 내면에는 자신만의 빛이 깃들기 시작했고 K는 그 빛을 따라 자신의 길을 찾으려 한다.

우리는 잿빛 전표를 붙이는 사람과 맞닥뜨릴 때가 있다. 그러나 기억해야 할 것은 우리의 진정한 가치는 외부의 평가가 아닌 나 자신이 스스로를 어떻게 바라보느냐에 달려 있다는 것이다.

K의 변화는 나에게도 깊은 깨달음을 준다. 그의 여정이 끝없는 용기와 치유로 이어지기를 기원하며 자신의 빛을 발견하는 날을 꿈꿔본다.

내 자리가 있다는 것

고령화 사회로 빠르게 진행되는 이 시대에 퇴직 연령은 점점 앞당겨지고, 기성세대가 설 자리는 점점 좁아지고 있다. 우리 사회는 청년세대도, 기성세대도 모두 고통을 겪고 있다. 안타깝게도 이러한 아픔은 쉽게 치유되지 않을 것 같다. 내년에도, 그다음 해에도 말이다.

세상 어느 한구석에 나의 자리가 있다는 것은 삶의 축복이자 행운이다. 나를 필요로 하는 직장이 있고, 함께할 동료가 있으며, 정을 나누는 가족과 이웃이 있다는 것만으로도 참으로 감사한 일이다. 하지만 그 자리를 지키는 것은 결코 만만치 않다.

영화 『인턴』을 본 적이 있다. 영화 속에서 70세 인턴 벤은 경륜과 기품이 넘치는 모습으로 등장한다. 그는 한 직장에서 40년을 근무하고 은퇴한 후, 젊은 여성 CEO가 운영하는 온라인 패션 스타트업 회사에 시니어 인턴으로 들어간다. 벤은 허술한 점이 많은 젊은 동료들에게 삶의 숙련이란 무엇인지를 차분히 보여준다. 어린 딸 같은 상사 줄스에게는 예의를 갖추고, 그녀가 결정의 어려움을 겪을 때마다 인생의 지혜를 나누어준다.

벤은 삶의 고비마다 힘든 순간을 겪는 줄스에게 손수건을 내밀며 묻는다. 젊은 후배가 손수건을 챙기는 이유를 묻자, 벤은 미소를 띠며 말한다.

"요즘 젊은 사람들은 손수건을 안 가지고 다니지. 그런데 손수건의 진짜 용도가 뭔지 아나? 나를 위해서가 아니라, 누군가의 눈물을 닦아주기 위한 거라네."

아날로그적 삶의 방식이 구시대적이라 여겨지는 세상에서 벤은 그 자체로 경이로운 존재였다. 그는 누군가를 탓하거나 분노하지 않고 조용히 자신의 자리를 찾아 나갔다. 그리고 그 자리를 당당하게 지켜낸다. 벤은 우리에게 '내 자리는 내가 만드는 것'이라는 가르침을 전해준다.

디지털 기기가 주도하는 시대에 교육 방식도 많이 바뀌었다. 아날로그 세대인 나는 디지털 세상을 받아들이는 과정에서 혼란도 있었지만, 이를 거부하지 않고 기꺼이 배워나갔다. 학원 운영을 하면서도 젊은 강사들의 스마트한 강의 방식에 맞서기보다는 나만의 경험과 연륜에서 우러나오는 차별화된 강의를 기획했다. 신세대들에게 배울 것이 있으면 배우면서도 주눅 들지 않으려 애썼다. 카페나 블로그, 페이스북 같은 디지털 플랫폼에 익숙해지려고 노력하며 학생들과 눈높이를 맞추었다. 학생, 학부모와 함께 호흡을 맞추며 대학 진학 프로젝트를 완수했을 때 느낀 성취감은 그 무엇과도 비교할 수 없었다.

내 자리는 권력이나 지위, 수입, 승진 같은 것들로 정의되지 않는다. 내 자리의 가치는 내 강점을 기반으로 삶을 재창조하는 것에 있다. 지금 내가 이 자리에 있는 것은 그간의 경험과 실패가 만들어 준 지혜와 연륜 덕분이다. 인턴 벤처럼 누군가를 위해 눈물을 닦아줄 수 있는 존재가 되어 그 자리를 지킨다는 것은 참으로 멋진 인생이자 풍요로운 삶이 아닐까.

내 주름진 얼굴에는 여전히 하고 싶은 일들이 가득하고 세상과 소통하려는 열정이 흐른다. 예전 같으면 손자를 돌보고 있을 나이에도 여전히 일할 수 있다는 것에 감사한다. 때로는 자유롭게 여행을 다니며 시간을 즐기는 친구들의 여유로운 모습을 볼 때면 갈등이 생기기도 한다. 하지만 퇴직한 친구들은 그런 나를 보고 "배부른 소리하지 말고 감사하며 살라."고 충고한다.

돌아보면 내 삶에는 오만함도 있었으리라. 그러나 지금은 내 자리가 있다는 것이 그저 감사할 따름이다. 여전히 나를 필요로 하는 학생들이 있고, 나의 능력을 신뢰해 주는 학부모들이 있다. 부족한 강의에도 힘찬 박수를 보내주는 수강생들도 있다. 집에서는 아내의 자리, 엄마의 자리, 그리고 홀로 계신 시어머니를 돌보는 며느리의 자리도 있다. 내가 가진 역할들이 누군가에게 선한 영향력을 미친다면 그것만으로도 축복받은 삶이 아닐까 싶다

지나고 나면 후회스러운 순간들도 많다. 그러나 모든 순간은 저마다 소중한 꽃봉오리처럼 피어난다. 이 나이가 되어 비로소 그 사실을 깨닫게 된다. 지금, 이 순간을 소중히 여기고 최선을 다해 살다 보면 내 자리는 더 단단해질 것이다.

내게 주어진 오늘은 첫날이자 마지막 날이다. "내가 할 수 있을까?"라는 의심으로 자신을 무기력하게 만들지 말고 삶에 도전하자. 버거울지라도 버텨보고 힘겨울지라도 극복해 보자. 내가 있어야 할 자리, 내가 필요한 자리를 찾아내고 그 자리를 지켜내는 것이야말로 진정한 삶의 방식이고 의미가 아닐까.

긍정적 포기

‘남은 날들을 첫날이자 마지막 날로 살고자’ 간절히 바라는 작가가 있다. 그는 마흔에 거리 한복판에서 갑작스럽게 쓰러졌다. 보름 만에 의식을 찾았지만, 몸의 오른쪽 신경이 모두 마비된 상태였다. 1급 중증장애인이 된 그는 회복 불가능하다는 의학적 진단을 받았다. 하루아침에 스스로 아무것도 할 수 없는 존재가 된 그는 절망에 빠졌다.

그런 그에게도 인생의 전환점이 찾아왔다. 북토크에서 작가는 자신의 이야기를 통해 ‘긍정적 포기’의 진정한 의미를 전했다. 신체의 반으로만 살아가는 작가에게 글쓰기는 삶을 바로 세우는 치유제였다.

그는 마비된 한쪽으로 올곧게 걷는 것도 힘겨워 보였고, 한쪽 팔로는 전화를 받거나 글을 메모하는 일, 책장을 넘기는 일, 커피를 마시는 일이 몹시 불편해 보였다. 언어소통도 원활하지 않아 독자의 질문에 답하는 과정도 꽤 오랜 시간이 걸렸다. 그럼에도 그는 북토크 내내 따뜻한 시선과 해맑은 미소를 잃지 않았다. 순수한 마음과 선한 에너지가 그의 말과 표정에서 스며 나왔다.

그 작가를 보며 내가 얼마나 많은 것을 가졌는지, 감사하지 못하고 살고 있음을 생각했다. 나에겐 움직일 수 있는 두 팔과 두 다리가 있고, 자유롭게 말하고 소통할 수 있으며, 아름다운 세상을 볼 수 있고, 사랑하는 사람들의 목소리를 들을 수 있으니 감사할 조건이 얼마나 많은가.

내가 당연하게 여겼던 이 모든 것이 작가에게는 힘겨운 도전이었다. 신체의 한쪽을 쓰지 못하는 장애를 극복하며 운전을 배우는 그 첫걸음은 내가 당연하게 누리던 자유와 일상의 소중함을 새삼 되새기게 했다.

고통과 고난을 이겨내고 다시 일어선 사람들은 우리에게 중요한 교훈을 남긴다. 그것은 바로 삶이 주는 모든 어려움 속에 값진 선물이 숨겨져 있다는 사실이다. 작가의 인생에서 가장 값진 선물은 바로 '긍정적 포기'였다. 내 힘으로 어찌할 수 없는 불필요한 일에 대한 집착을 버리고, 내가 할 수 있는 것에 전념하는 자세는 삶의 장애물을 이겨내는 가장 강력한 무기이다. 그는 자신의 장애를 긍정적으로 받아들이고, 할 수 없는 것을 과감히 포기하며 할 수 있는 것에 집중했다. 한 손으로 글을 쓰기 위해 수없이 반복해서 연습하고, 발음을 개선하기 위해 껌을 씹으며 수백 번의 노력을 거듭했다.

우리는 종종 인생에서 통제할 수 없는 문제들에 휘말려 스스로를 잃고 낙담하곤 한다. 그러나 작가가 보여준 것처럼 우리가 할 수 있는 일에 집중할 때 그 속에서 새로운 가능성과 희망이 열린다. 그동안 나는 얼마나 많은 것을 당연하게 여겼던가. 고통은 단지 고통으로만 남지 않는다. 그것을 극복하는 과정에서 얻는 깨달음과 회복력은 무엇보다 값진 선물이 된다.

그분은 장애를 극복한 사람으로 그치지 않는다. 자신의 고통을 통해 타인에게 선한 영향을 미치며 희망과 용기를 나누는 거다. 장애를 넘어 성공적인 삶을 살아가는 그는 동기부여 강사가 되어 절망 앞에선 이들의 희망이 되고자 한다.

사노라면 통제할 수 없는 고통이 오기도 한다. 그러나 우리는 그 고통 속에서 어떤 선택을 해야 할까? 작가는 할 수 없는 것에 연연하지 않고 할 수 있는 일에 집중하며 자신의 한계를 넘어섰다. 그의 '긍정적 포기'는 자신을 위로하여 삶을 새롭게 창조하고 있다. 그는 오늘도 자신만의 하루 루틴을 지키며, 자신이 할 수 있는 일에 최선을 다하며 삶의 행진을 이어가고 있다.

작가는 "인생의 마지막 순간까지 해맑은 영혼으로 살고 싶다"고 말한다. 그의 소망은 단지 그의 개인적인 바람을 넘어 우리 모두가 가져야 할 삶의 태도이다.

해맑은 영혼의 소망, 동기부여 강사의 꿈이 이루어지길 기도한다. 우리 모두 함께 '긍정적 포기'의 힘으로 미래를 맞이하길 희망한다.

가치 있는 삶

신발장을 열면 다양한 신발들이 있다. 발이 내 몸의 일부라면, 구두는 그 발과 관계를 맺으며 일상에서 동거하는 소중한 존재이다. 발에 맞는 편안함을 주면서도 아름다움을 겸비한 구두를 찾기란 쉽지 않다. 그래서 늘 신던 구두에 손이 가기 마련이다.

모임을 마치고 집으로 돌아오던 길, 내가 가장 아끼던 구두의 굽이 보도블록 틈에 끼어 빠져 버렸다. 균형이 맞지 않아 더는 내 몸을 지탱할 수 없었다. 어쩔 수 없이 근처 가게에서 새 구두를 사 신었지만, 새 구두는 낯설었다. 발뒤꿈치를 긁어 물집이 잡히고, 익숙하지 않은 불편함이 나를 따라다녔다. 새 구두와 나와의 관계는 낯설고 어색했다. 서로를 길들이기까지는 시간이 필요했다.

다음 날, 집 근처의 구두 수선방을 찾았다. 한 평 남짓한 작은 수선방에는 다양한 사연을 품은 구두들이 줄지어 있었다. 벽에 "머리에는 지혜를, 얼굴에는 미소를, 가슴에는 사랑을, 손에는 일을 두라"라는 문구가 눈에 들어왔다. 이것에 더해 아저씨가 손수 적은 글귀들이 빼곡히 붙어 있었다.

구두약에 절어 검게 물든 손톱, 손등의 상처 자국은 아저씨의 삶을 그대로 보여주고 있었다. 그럼에도 아저씨의 얼굴은 피곤한 기색 없이 온화한 미소를 띠고 있었다. 구두를 고치며 손님들과 나누는 대화는 이곳을 마치 작은 사랑방으로 만들었다. 손님들과 주고받는 따뜻한 말 한마디에서 그의 삶의 지혜가 배어 나왔다.

"50년 가까이 구두를 닦고 고쳤시유."

그분은 힘차고 당당하게 말했다. 아홉 살 때부터 구두약과 헌 스타킹이 들어있는 구두통을 메고 거리로 나섰다고 했다. 지금도 구두 하나하나에 정성을 다하며 새로운 생명을 불어넣는 일에 자부심으로 살고 있었다. 그런 그분이 참으로 아름다웠다.

작은 가게 한편에는 30년 넘게 이어온 봉사활동에 관한 기사도 붙어 있었다. 구두를 닦고 고치는 일 못지않게 봉사는 그분의 삶에서 큰 의미였다. "봉사하지 않으면 마음이 불편해유."라는 그분의 말은 의무감에서 나온 말이 아니었다. 그의 삶 속에서 봉사는 자신과 세상을 연결하는 다리였다. 그는 봉사를 통해 삶의 균형과 만족감을 찾고 있었다.

구두 수선방에는 다양한 사연을 가진 구두들이 모여든다. 그분은 구두를 단순한 물건이 아니라 사람의 일부로 여겼다.

"신발을 보면 그 사람의 성향을 알 수 있어유."

신발을 소홀히 하는 손님에게는 호되게 잔소리도 했다. 생명이 다해가던 구두에 새 숨을 불어넣고 환히 웃는 그의 모습은 구두 수선이 단순한 노동이 아니라 인생의 철학임을 보여주었다.

그분을 보면서 가치 있는 삶이란 무엇일까를 생각했다. 한 평 남짓한 공간에서 종일 구두를 닦고 고치는 일을 하지만 기죽지 않고 당당하게 살아가는 분, 자기 자신을 가장 사랑하는 사람처럼 보였다. 구두를 닦고 고치듯 삶의 균열과 어려움도 묵묵히 바로잡아가는 그분의 모습이 남달랐다. 비록 초등학교조차 마치지 못했지만, 그분만의 신념과 철학으로 가꾸어가는 삶은 누구보다도 빛났다.

나는 삶의 어려운 순간마다 최선을 다하기보다는 피하거나 운 좋게 지나가기를 바랐던 적이 많았는데, 그분은 "두 번 다시 기회가 없다"는 소신으로 매 순간을 소중히 여기셨다. 어려움이 닥칠 때 하늘을 원망하거나 운명을 탓하지 않고 최선을 다하라는 그분의 조언은 내 마음에 깊은 울림을 주었다.

가치 있는 삶은 대단한 업적을 이루는 것이 아니라, 자신의 자리에서 최선을 다하는 삶이라는 생각이 든다. 좁은 공간에서 한평생 구두를 닦으며, 구두를 사람처럼 여기고 삶을 구두를 닦아내듯 정성 들여 가꾸는 그분의 모습은 나에게 많은 감동을 주었다. 그분처럼 온전히 나의 일과 나의 삶을 사랑하며 살아간다면 내 인생도 분명 가치 있는 삶으로 채워질 것이다.

삶은 우리에게 고난과 기회를 함께 준다. 구두 수선방에서 본 그분은 내게 삶을 바로 세우는 지혜를 은연중 깨닫게 해주었다. 삶을 위하여, 우리는 지금, 이 순간을 소중히 여기며 자신만의 빛을 내는 일을 멈추지 않아야 한다. 그분의 구두 수선과 봉사처럼 우리의 일상도 누군가를 밝히고 스스로를 풍요롭게 만드는 길이 될 것이다.

할머니 소나무

푸른 정원에 들어서니 우선 늠름한 소나무들이 반겨준다. 서 있는 소나무들의 품새가 세월의 무게가 느껴지고 가꾸는 이의 정성스러움도 다가온다.

이곳 서일농원은 장독대가 가지런히 늘어서 있고, 이끼 낀 돌담과 장승, 솟대가 자연과 조화롭게 어우러져 정겹기만 하다. 그런데 지팡이를 짚은 듯 서 있는 소나무 한 그루가 나의 눈길을 사로잡는다.

두 팔을 넓게 벌려 자식을 안고 있는 듯한 소나무 가지가 이곳을 찾는 이들에게 무언의 위로를 건네는 것처럼 보인다. 그런데 소나무 둥치 뒷면이 시멘트로 메워져 있다. 썩어버린

속을 도려낸 흔적이다. 깊은 상처에도 의연한 모습은 마치 오랜 고난을 견디며 살아온 누군가의 인생을 닮았다.

농원 직원한테서 이 소나무의 사연을 듣게 되었다. 전북 진안의 논둑에서 300년을 산 이 나무를 농원 주인이 옮겨와 정성 들여 심었는데 한동안 뿌리내리기를 거부했단다. 농원 주인이 술 열 병을 준비하여 고사를 지내주면서 "그동안 얼마나 힘들었느냐. 이제 내가 돌봐줄 테니 안심하라."고 다독였다고 한다.

그 후 신통하게도 천천히 뿌리를 내리기 시작했고 주인은 소나무의 썩은 속을 도려내고 그 자리를 시멘트로 메웠다. 쇠약해진 소나무가 다시 살아날 수 있도록 영양제를 주사하고 계속해서 정성을 쏟았다. 점차 기운을 차린 소나무가 다시금 푸른 생명이 돌아왔다고 한다.

이 소나무의 사연을 들으면서 나의 시어머님이 떠올랐다. 3년 전 새벽기도를 가다가 넘어져 척추를 다쳐서 시멘트를 주입하는 시술을 받으셨다. 이 소나무의 상처를 메운 시멘트처럼, 어머님 몸속에도 인체용 시멘트를 지니게 되었다.

어머님은 한평생 시어머님을 모시며 다섯 자녀를 키워내셨다. 경찰 공무원인 남편의 박봉으로 살림을 꾸리려니 그 고충

이 오죽했으랴. 이 소나무처럼 가슴이 뻥 뚫리셨을 것이었다.

이제 아흔을 넘기고는 거동이 불편해 생활 반경이 좁아지고 친구들과의 왕래도 뜸하다. 누워 계시는 시간이 늘어나고 있다. 시나브로 몸과 마음이 쇠약해지는 어머님의 모습에 마음이 아리다.

네 번째 수술을 마치고 회복 중이신 어머님은 누워서도 내 손을 잡고 "미안하다"라고 하신다. 평생 가족을 위해 헌신하신 어머님, 시중 드는 며느리에게 미안해하니 그저 가슴이 먹먹했다. 그 '미안하다'는 말속에는 지금의 고통뿐 아니라, 지난 세월 동안 홀로 견뎌낸 무거운 짐이 담겨 있을 것이다.

시어머님은 나에게 친정어머니 이상이었다. 우리 아이들 산바라지를 해 주셨고, 계절마다 밑반찬을 끊임없이 챙겨주셨다. 내 생일날 김밥이나 경단을 만들어주시고, 부부의 날에는 잊지 않으시고 봉투를 건네며 점심을 사 먹으라 챙겨주던 어머니셨다.

어머님이 이제는 쇠약해지셔서 내가 보살펴 드려야 하는 처지가 되다니…. 비록 어머님의 육신은 약해지셨지만, 내게 어머니는 여전히 그 존재 자체만으로도 큰 위로와 힘이 된다.

어머님은 마치 할머니 소나무처럼 자신의 상처를 감추고 오랜 세월 가족을 위해 서 계신다. 할머니 소나무가 서일농원의 중심을 지키고 있듯, 어머님도 우리 가족의 중심에서 그 자리를 지켜주고 계시다.

이제는 우리가 어머님의 짐을 조금이나마 덜어드리며, 그동안의 헌신에 감사하는 시간을 가져야 할 때이다. 남은 삶만이라도 무거운 짐을 내려놓고 마음 편히 지내시길 기도해 본다.

오늘은 어머님이 좋아하는 옥수수를 쪄서 찾아뵈어야겠다. 또 손을 잡아 드리면 감사한 마음도 전하고, 누워 계셔도 좋으니 오래도록 우리와 함께 계셔달라고 떼를 써야겠다.

우리 가족에게는 위로이며 힘이신 어머님, 감사합니다.

작가의 작품 세계

삶과 삶이
만나는 지점에서 이루는
글쓰기

정기철

한남대학교 국어국문 · 창작학과 교수

삶을 표현하고 정의하는 말들은 많다. 삶에서 무엇이 중요한지 바라보는 관점에 따라, 삶을 표현하는 방법에 따라, 그리고 삶을 살아온 경험에 따라 삶을 정의하는 말들은 수없이 많다.

그 수많은 말 중에 '삶은 무수한 조각들로 구성된 모자이크와 같다'는 말이 있다. 모자이크란 '여러 가지 빛깔의 돌, 유리, 조가비, 타일, 나무, 종이 따위의 조각을 맞추어 만든 무늬나 그림'이다. 커다란 판이나 꽃병·농 같은 사물, 또는 망사에 직접 붙여 원하는 무늬나 그림을 만드는 기법을 말한다.

삶을 모자이크에 비유하는 이유는 삶의 작은 부분과 모자이크의 조각을, 작은 삶의 부분들이 모여 하나의 삶을 이루듯, 작은 모자이크 조각들이 모여 하나의 모자이크화(畵)를 이루는 것을 빗대어 말하기 좋기 때문이다. 그래서 삶을, 살아가는 과정을 모자이크에 곧잘 비유하고 그 비유는 많은 사람들에게 공감을 얻는다.

재료와 조각들의 크기, 그리고 조각을 붙이는 사람에 따라 다양한 모자이크화(畵)가 탄생하듯이 우리의 삶 역시 그렇다. 조각과 조각들이 조화를 이루어 단아하고 기품 있는 모자이크화(畵)가 있듯이 그때그때의 삶을 잘 살아 단아하고 기품 있는 삶이 있는가 하면, 삶의 조각들이 삐뚤빼뚤하여 조잡한 삶이 있고, 삶의 조각들은 화려하나 무엇을 그리려 했는지 읽히지 않는 삶이 있고, 조각과 조각의 이음들이 희미하여 존재감이 없는 삶들이 있다.

우리의 삶은 모자이크화(畵)와 닮았고, 우리의 오늘은 조각을 들어 모자이크화(畵)를 만들어가는 과정이라 할 수 있다. 하지만 어떻게 삶의 모자이크 조각들을 만들어야 하는지, 삶의 모자이크 조각들을 무엇으로 붙이고 이어 어떻게 하나의 삶을 만드는지에 관해서는 깊게 천착하지 못한다.

강미란은 그 작은 삶의 조각들을 어떻게 만들어야 하는지, 삶의 조각들을 무엇으로 어떻게 붙여 전체적인 하나의 삶을 그려나가야 하는지에 대해 깊게 들여다보고 있다. 우선, 삶의 조각들은 '관계'로 붙여야 한다고 말한다. 그 관계의 중요성에

눈 뜨기 위해 아프리카 사막 별빛 아래에서 조용히 웃고 있는 금발 머리 어린왕자와 조우(遭遇)하고 있다.

어린왕자는 사막여우를 통해 관계는 '길들여짐'과 '필요한 사람이 되는 것'임을, 장미꽃을 통해서는 관계를 '책임지는 것'으로 말하고 있다. 우리는 삶을 통해서 무수히 많은 관계를 맺을 수밖에 없고, 그 관계 때문에 행복하고 불행해진다. 돈과 권력이 있으면 행복하게 살 수 있을 거로 생각하기도 하지만 돈과 권력이 있어도 그것을 알아주고 나눌 수 있는 관계가 없으면 돈과 권력은 아무런 소용이 없다. 오히려 돈과 권력은 진정한 관계를 맺지 못하게 하고 그것의 노예가 되게 하기도 한다. 분명 그렇다.

힘들게 산을 오를 때 마주 오는 사람들이 건네주는, 기운을 북돋아 주는 말 한마디가 우리를 행복하게 한다. 봉지에 넣었던 밤이 길 위에 쏟아졌을 때, 가던 길을 멈추고 밤을 주워 건네주는 이름 모르는 사람들이 우리를 행복하게 한다. 일상적인 따뜻한 가정이, 힘들고 지친 하루를 마치고 돌아가 기댈 수 있는 가족이 우리의 행복이다. 힘들 때, 나 혼자라고 느낄 때 기댈 수 있는 '그 사람' 하나면 우리는 행복할 수 있다. 그리고 우리 모두가 '그 사람'이 되어줄 자세가 되어있다면, 또는

'그 사람'이 되어준다면 우리는 행복한 관계를 맺을 수 있다.

하지만 우리는 행복한 관계를 맺지 못하고 있다. 사회에 만연한 경쟁 때문에, 정신을 차릴 수 없는 빠른 속도 때문에, 무수히 많은 사회적 관계 때문에 '나'를 되돌아볼 여유가 없어서 우리는 행복한 관계를 맺지 못하고 있다.

모든 관계의 출발점은 나 자신과의 관계다. 내가 나를 사랑하고 자신의 마음을 제대로 바라볼 때 타인과의 관계도 온전하게 맺어진다. 나 자신을 이해하지 못한 채 다른 사람의 마음을 헤아릴 수는 없다.

어린 왕자가 장미를 돌보며 깨달았던 것처럼 관계는 자신을 이해하고 돌보는 것에서 시작된다. 나 자신과의 관계를 회복할 때 우리는 타인과의 관계에서도 진정한 기적을 경험할 수 있다.

—〈관계의 기적〉 중에서

강미란은 진정한 관계의 시작은 나 자신과의 관계 속에서 피어난다고 했다. 강미란은 우리가 다른 사람들과 관계를 맺고, 서로에게 세상에서 단 하나뿐인 존재가 될 수 있는 방법을 '눈에 보이지 않는 그 깊은 내면, 그곳에 있는 진짜 나를 다시

보라보는 것'이라는 혜안(慧眼)을 가지고 있다.

사실 글쓰기는 '관계맺음'의 기록이다. 우리는 끊임없이 다른 사람을 만나고, 말과 행동으로 깊어지고, 기뻐하고 슬퍼하고, 환호하고 분노하고, 사랑과 질투에 빠지고 그리고 헤어지고 다시 만난다. 이 모든 것들이 바로 '관계맺음'이고 다른 사람과의 관계맺음이 행복과 불행의 조건과 원인이 된다. 조금 달리 말하면 우리의 삶은 관계맺음의 연속이고 그 관계맺음이 곧 우리의 삶이라고 할 수 있다. 그래서 우리는 상처를 받고 헤어지면서 다시는 다른 관계는 맺지 않으리라 다짐하지만 돌아서서 관계맺음을 갈망하게 되는 것이다.

글쓰기는 바로 이러한 관계를, 관계맺음을 기록하는 행위이다. 우리의 일상에서 만나는 사람과 그 사람과의 관계맺음을 자기서사 안에서 기록한 것이 바로 글쓰기이고 글이다. 따라서 관계맺음이 달라지면 자기서사가 달라지고 자기서사가 달라지면 다른 사람을 바라보는 시각과 태도, 관계맺음에 대한 인식이 달라진다. 그리고 다른 사람과 관계맺음에 대한 시각과 태도, 인식이 달라지면 자기서사는 달라진다. 그래서 글쓰기란 관계맺음과 자기서사가 끊임없이 만나는 지점을 기록하는 일이라 할 수 있다.

강미란은 삶의 한 조각 한 조각들은 무엇으로 채워야 할지에 대해서도 말하고 있다. 그것은 '배려하고 공감하기 · 내려놓기와 새로 담기 · 말하고 경청하기 · 용서하고 받아들이기 · 배려하고 소통하기 · 자존감과 희망 찾기 · 사랑하고 포용하기'등이다. 그리고 이러한 것들은 특별한 시간에, 특별한 공간에서 채우는 것이 아니라 일상생활에서 틈틈이 채워나가는 것이라 했다.

요양원에 문학치유 봉사활동을 나가 만난 어르신들을 통해서도 삶의 조각들을 채워나간다. 요양원에서 마주한 어르신들은 인생에서 경험한 수많은 불행과 고통 때문에 모두 무겁고, 어둡고, 고통스러운 표정이었다. 삶의 희망은 온데간데없고 고통의 시간에 멈추어 있었다. 하지만 강미란은 어르신들의 삶을 공감하고 어르신들의 마음 다치지 않도록 배려하면서 어르신들의 추억과 소망을 이끌어낸다.

삶은 기쁨과 고통, 슬픔과 희망이 얽혀 있는 복합체다. 어르신들의 삶은 이를 여실히 보여준다. 치매로 현재의 기억이 희미해져도, 신체적 고통이 찾아와도, 그분들의 과거는 여전히 찬란히 빛난다. 장터의 기억을 소환하고는 생기가 돌던 어르신들,

여전히 삶의 축복을 받을 자격이 있음을 증명했다.

레이첼 나오미 레멘은 〈할아버지의 기도〉에서 "고통 속에서도 생명을 축복할 수 있는 힘이 인간에게 있다."라고 말했다. 고통과 상실을 삶의 일부로 받아들일 때 우리는 진정한 치유와 평화를 경험한다. 어르신들의 삶이 바로 이 진리를 보여준다.
—〈레치암! 삶을 위하여〉 중에서

어르신들의 추억과 소망을 끌어내면서 강미란은 어르신들의 치유와 평화를 경험함과 동시에 자신의 치유와 평화를 경험한다. 이는 글쓰기를 통해 더욱 견고해진다. 글쓰기는 글쓰기를 통해 자신을 발견하고, 표현하고, 이해하고, 치유하는 기능을 갖는다. 이렇게 자신을 발견하고, 표현하고, 이해하고, 치유하는 주체를 우리는 '자기[Self]'라고 한다.

다시 말해 '자기'란 몸과 정신, 마음을 지닌 온전한 인격체로서 근원적인 욕구를 추구하기 위해 개인적인, 혹은 상호 교류적인 경험을 이루어가는 주체'라고 말할 수 있으며, 이에 '자기'는 항상 현재적이며 상호 교류적이고 역동적이다. '자기'를 만나기 위해서 우리는 다른 사람과 나 사이의 벽을 허물고 모두가 나와 '관계맺은 나' 안에서 하나의 '자기'라는 인식의 변환이 필요하다. 즉, 내가 보고, 듣고, 직간접으로 연관된 모든 일들을 ― 비록 다른 사람의 일이라도 내가 보고 듣고 간접적으로나마 연관이 있다면 ― '관계맺은 나' 안에서 '자기'라고 받아들여야 한다.

강미란은 배려와 공감으로 다른 사람의 삶에 들어간다. 좀 더 정확히 말한다면 내 주변의 모든 사람의 삶, 책 속의 인물까지도 나의 삶으로 끌어들일 줄 안다. 그래서 관계 맺은 다른 사람들과 함께 치유와 평화의 경험을 공유한다.

'자기'의 존립이 가능하다면, '자기'의 존립을 견고하게 하는 것이 '자기표현'이다. '자기표현'이란 '온전한 인격체인 내가, 근원적인 욕구를 실현하기 위해 상호 교류적인 경험을 통해 형성한 생각, 주장, 감정, 정서 등을 겉으로 드러내어 전달하는 행위'이다. 자기를 표현하는 방법은 매우 다양하다. 그림 그리기, 조각하기, 노래하기, 악기를 연주하기 등 예체능 분야와 글쓰기와 말하기와 같은 언어 행위뿐만 아니라, 소리 · 몸짓 · 손짓 · 표정 등과 같은 비언어적 행위까지 모두 자기를 표현하는 행위들이다.

이러한 자기표현 행위 중에서 글쓰기가 가장 고차원적이고 근원적인 자기표현 행위이다. 글쓰기는 자기를 표현하는 행위

임과 동시에 '나'의 존재를 확인하는 행위이며, 또 동시에 '나'에게로 돌아오는 행위이다. 하이데거는 글쓰기를 '존재의 개명(開明)'이라 했다. 글쓰기가 존재의 개명(開明)이라는 것은 글쓰기란 존재를 드러내 밝히는 행위이면서 또한 존재를 드러내 밝히는 과정이라는 뜻이다. 결국, 글쓰기란 '자기'의 존재를 확인하는 행위이고 동시에 '자기'의 존재를 확인하는 과정이다. 이처럼 글쓰기는 다른 표현 양식에 비해 '자기'를 적극적이고 구체적으로 바라보고 이해할 수 있는 아주 효과적인 표현 방식이다. 우리는 글쓰기를 통해 상호 교류적인 관계맺음 속에서 '자기'와 함께 경험과 사건들을 정확하게 이해하고 동화함으로써 '자기'의 경험과 사건에서 발생한 부정적인 감정과 결핍 동기를 극복하고 치유와 평화를 누리게 되는 것이다.

요양원 어르신들을 관계맺음 속에서 어르신들의 삶을 '자기'로 받아들이면서 치유와 평화를 누린 강미란은 삶과 죽음의 관계를 깊게 들여다본다. 산책을 하다가 우연히 마주친 '할머니 소나무'에서, 나이드신 '시어머님'에게서, 여주 불교 박물관에서 삶과 죽음의 의미와 함께 삶과 죽음이 서로 연결되어 미래로 나아간다는 것을 터득한다.

여주 불교박물관의 '산 자의 길, 망자의 길' 전시는 나로 하여금 죽음을 삶의 일부로 받아들이게 했다. 죽음은 더 이상 두려운 것이 아니라, 그를 통해 더 가치 있게 살아가야 한다는 메시지를 전해주었다.

산 자로서의 길은 매일 마주하는 삶의 길이며, 망자의 길은 언젠가 걷게 될 또 다른 길이다. 이 두 길은 단절된 것이 아니라, 마치 하나의 그림처럼 이어져 있다. 죽음은 내 삶 속에서 준비되는 과정이다. 언젠가 그 길을 걸을 나 자신을 위해 지금 이 순간을 충실히 살아가는 것이야말로 삶의 본질이다.

–〈산 자의 길, 망자의 길〉 중에서

'삶과 죽음은 하나'라든지, '삶과 죽음은 연결되어 있다'라는 말은 우리가 늘상 하는 말이지만, 과거와 현재 그리고 미래가 하나로 이어져서 '새로운 관계의 현재'를 만든다는 강미란의 혜안(慧眼)은 나의 삶과 다른 사람들의 삶에 멈추어 서는 것이 아니라 경주 고분들의 껴묻거리와 시아버님의 유품들에서도, 진천의 농다리에게도 미치어 과거 사람들의 소망과 삶의 흔적, 그리고 그 시대의 문화를 연결하는 연결고리를 발견한다. 이러한 연결고리를 발견하는 사람은 많지 않은데 강미란의 글쓰기는 그중 하나이다.

강미란은 삶의 조각들을 채우는 내용으로 '배려하고 공감하기 · 내려놓기와 새로 담기 · 말하고 경청하기 · 용서하고 받아들이기 · 배려하고 소통하기 · 자존감과 희망 찾기 · 사랑하고 포옹하기'를 말하지만, 그것들을 꿰뚫는 하나를 제시하는데 그것은 '성찰'이다. 배려하고 공감하기에서부터 사랑하고 포옹하기까지 그 모든 것은 잊어도 된다. 삶의 진리는 단순하고 간단하다. 강미란이 말하는 삶의 진리는 자기 자신을 되돌아보는 '성찰'이고, 강미란이 말하는 '성찰'은 '내 마음을 들여다보는 일'이다.

성찰은 '나는 지금 인간답게 살고 있는가?'와 같은 근원적인 질문을 통해 일어난다. 그리고 이 성찰은 심오한 경지의 것도 아니고 오래도록 지속되는 것도 아니다. 삶을 살면서 문득문득 '나는 지금 인간답게 살고 있는가?'를 스스로에게 묻고 반성적인 태도로 자신의 삶을 돌이켜보고 다른 사람과의 관계를 살펴보는 것이다. 그리고 의미를 찾아내지 못한 지난 관계들을 꺼내어 의미를 부여하고 다른 관계들과 연관 지어 현재적인 의미를 형성할 수 있어야 한다. 이러한 과정과 결과로써 우리는 스스로 '자기'를 확인하고 행복한 삶을 영위하기 위해 노력할 수 있도록 하여야 한다.

우리가 일상에서 문득문득 내 마음을 확인하는 일, '나는 지금 인간답게 살고 있는가?' 하는 물음들은 우리 스스로를 성장하게 한다. 일반적으로 성장은 세포 분열의 증가로 일어나는 키나 몸무게 치수 증가를 의미하거나 경제·사회·과학 등 거의 모든 영역에서 지표 상승의 의미로 쓰인다. 하지만 글쓰기에서 추구하는 성장, 성찰을 통해 이루려는 성장은 이러한 증가만의 의미를 갖는 것은 아니다. 삶의 질을 중시하는 현대사회에서 성장은, 감정·정서·성격·기질·개성·인성·인격 등에도 적용할 수 있으며, 오히려 안정·조화·세련·통합 등의 질적 개념을 갖는다. 더불어 타인과의 교류가 많은 현대사회에서는 겸양·양보·관용·공감·용서 등과 같은 상호작용적 덕목들이 더 중요한 성장의 요인들이 될 수 있다.

그리고 인간의 성장은 동·식물의 성장이나 경제·사회·과학 등의 성장과는 다르다. 이들의 성장은 외부 환경에 의한 성장이거나 외부 환경의 영향을 많이 받는 성장이지만 인간의 성장, 즉 질적 개념의 성장은 외부 환경의 영향보다는 자기 내부에서 들려오는 목소리에 의한 성장의 요소가 훨씬 더 크다. 다른 말로 표현하면 인간의 질적 개념의 성장은 성찰을 통해 타인과 외적 환경까지도 나의 세계 안으로 받아들이는 온전한 '자기'에 의해 성장한다.

따라서 자기 성장은 자기성찰과 밀접한 관련이 있다. 자기 성찰 없이 자기 성장은 있을 수 없다. 특히 질적 개념의 자기 성장은 나를 뒤돌아보고 내 안의 목소리에 귀 기울이는 자기 성찰이 없이는 자기 성장을 이룰 수 없을 뿐만 아니라 강미란이 중시하는 치유와 평화도 없다.

욕망은 타인을 모방하는 과정에서 형성된다. 내가 욕망하는 것은 단순히 명품 가방이나 화려한 펜트하우스가 아니다. 그것을 소유한 여자의 모습을 닮고 싶어 하는 내면의 욕망인지 모른다. 라캉은 이를 '타자의 욕망'이라 부르며, 우리가 원하는 것이 사실은 타인의 시선에서 비롯된 것임을 지적했다. 내 욕망이라 믿었던 것들이 사실은 타인의 욕망일 수도 있다는 말이다.

-〈타자의 욕망〉 중에서

강미란은 나에게 선한 영향력을 미치는 욕망이나 모두에게 선한 영향력을 미치는 이타적인 삶, 미니멀리즘, 헛된 욕망에서 벗어나려는 노력조차도 내가 원하는 것이 아니라 타인에 의해 주입된 것이 아닌지 되돌아보아야 한다고 말한다. 그리고 그 모든 것들을 떨치고 나만의 길을 걸으라 한다. 타자의 말에 휘둘리지 말고 - 이때 타자의 말이란 우리가 가정에서, 학교에서, 사회에서 배운 선한 말까지 포함한다. - 내면의 목소리에 귀를 기울여 물질적 소유가 아닌, 마음의 평안 안에서 나를 들여다보아야 한다고 말한다.

이러한 경지에 오른 강미란은 많은 남성들의 육체적 쾌락의 대상이 되고 도덕적으로 타락한 삶을 살았지만, 다른 사람들에게 끊임없이 사랑을 주었던 '혐오스런 마츠코'의 삶도 내 삶 안으로 받아들인다. "남자에게 맞는다 해도 외로운 것보다는 나아"라고 말하는 마츠코를 통해 우리 인간에게 관계가 얼마나 중요한지, 도덕과 관습과 종교 · 법 그리고 다른 사람의 시선보다 더 중요한 것이 '다른 사람을 사랑하는 일'이라는 것을 말하고 있다. 그래서 강미란의 글은 먹먹하다. 깊이와 넓이를 헤아릴 수 없는 감동이 있다. 내가 모든 것에서 자유로워질 때임을 알아차리게 한다.

강미란은 우리에게 마지막 열쇠를 쥐여준다. '뒤집기'다. 우리는 모두 생후 4~5개월쯤 몸을 뒤집기 위해 안간힘을 썼다.

인지는 모르지만, 누워서 천정만 보기가 답답해서일까? 아니면 집을 돌아다니는 가족들을 보고 싶어서일까? 아니면 세상사는 일이 궁금해서일까?, 어린 우리는 땀을 흘리면서 몸을 뒤집으려고 노력하였다. 하지만 나이 들면서 우리는 뒤집기를 시도하지 않는다.

우리는 나이가 들수록 뒤집기에 주저한다. 도전보다는 안정감을 추구한다. 낯선 일과 마주하는 것에 굼뜬 것은 변화를 두려워하기 때문이리라. 뒤집으면 보이는 또 다른 삶이 있다. 낯설고도 새로운 곳을 바라보는 일은 또 다른 나를 찾아가는 길이다. 나로부터 일탈하여 밖에서 경험을 내 안으로 들여오면 새로운 나를 만난다.

－〈뒤집기〉 중에서

우리는 언제부터인가 변화에 관심이 없어졌다. 변화해야 한다고 말은 하지만 정작 내가 변해야 할 기회가 생기면 뒤로 물러나든지 외면해 버리고 만다. 그러면서 "지금 이대로가 좋아."라고 나 자신을 합리화한다. 하지만 우리는 늘 현재에 불만을 느끼고 내가 변화해야 할 다양한 이유와 환경에 맞닥트

리게 된다. 그때 우리는 물러서거나 외면하지 않고 나를 뒤집기해야 한다.

　강미란은 늦은 나이에 박사과정에 입학했다. 그 나이쯤의 다른 사람들은 인생을 마무리하면서 여행을 다니거나 손주들의 재롱에 푹 빠져 있을 때이지만 강미란은 학문의 길을 선택했다. 자신이 다닐 수 있는 거리의 대학원 홈페이지에 들어가 교수들의 전공과 논문을 샅샅이 분석하고 정리하여 대학원을 결정하고 전공을 결정하였다. 그 과정에서, 또 박사학위 강의를 수강하면서 어찌 두려움과 어려움이 없었으랴. 하지만 강미란은 뒤집었다. 새로운 삶을 선택한 것이다.

　젊은 학생들과 강의를 들으면서 수시로 자신의 방식과 생각과 삶을 받아들이는 태도를 뒤집었다. 누구나 그러듯이 나이 들었음을 무기로 삼아 젊은 후배들에게 기대거나 떠넘기지 않고 묵묵히 자신의 자리에서 최선을 다하였다. 그간의 경험과 실패로 다져진 경륜을 발휘하였고, 젊은 후배들의 참신함과 순발력에 기죽지 않고 스스로 그 가운데로 자신을 던졌다. 그 결과 지금, 강미란은 제2의 인생을 살고 있다. 문학 치유의 길을 사명처럼 걷고 있는 강미란의 미래는 그 누구도 점칠 수 없다. 하지만 분명한 것은 강미란의 삶은 앞으로도 계속 뒤집기의 연속이 되리라는 것이다. '나로부터 일탈하여 밖에서 경험을 내 안으로 들여올 줄 아는'한 강미란은 계속 새로운 삶을 만날 것이다.

강미란이 삶의 조각과 조각들을 이어 붙이는 방법으로 '관계맺음'을 제시하고 있다면, 삶의 조각들을 채워나가는 내용으로는 '나는 지금 인간답게 살고 있는가?'와 같은 근원적인 질문을 통한 성찰을 말하고 있다. 성찰을 통해 관념과 관습, 종교와 도덕까지 모두 허물고 내 밖에 있는 모든 것을 내 안으로 끌여들여 나를 새롭게 하는 방법을 몸소 행하고 있다.

이 모든 것을 강미란의 글, 글쓰기가 보여주고 있다. 강미란의 글쓰기는 삶이 고통과 위안의 연속이듯이 글쓰기 역시 고통과 위안의 과정임을 설파하고 있다. 그 이유는 삶과 글쓰기가 동일하게 '세계와 자아'라는 대립 구조를 갖기 때문이다. '세계와 자아'는 다양한 이름으로 표현된다. '현존과 당위'로 표현되기도 하고, '현실과 이상' '욕망과 현실' 등 상황과 문맥 속에서 다양하게 표현된다. 하지만, 삶과 글쓰기가 항상 등가를 이루는 진정한 이유는 삶과 글쓰기는 인간의 성장과 발달을 끊임없이 도모한다는 데 있다. 태어날 때부터 하나의 전체

[자기]였던 인간은, 타고난 전체성을 일관성 있고 조화롭게 발전시키는 것을 꿈꾸고 또 발전시키기 위해 노력한다. 서양의 과학적인 사고와 물질 중심의 세계관이 삶과 앎, 인성과 학문, 지식과 행동을 분리시켜 현대인에게 수많은 신경증적 문제를 가져다주었지만, 인간은 최초의 전체성을 띤 자기(自己)로 돌아가기 위해 끊임없이 성장과 발달을 갈구한다.

그래서 '글쓰기는 삶 자체'라는 등식이 가능하고, 글쓰기는 끊임없이 삶과 맞닿아 미래를 바라보게 되는 것이다. 우리가 끊임없이 앎과 삶을 분리시키고 물질적인 생활에 빠져들지 않는다면, 우리는 '세계와 자아의 길항'을 경험하면서 자기성찰을 통해 자기성장, 치유와 평화를 이룰 것이다.

이 모든 것이 강미란의 글, 글쓰기가 우리에게 던져준 화두이다. 우리의 삶은 글쓰기를 통해 성장할 것이며, 삶과 삶은 관계맺음을 통해 커다란 한 폭의 모자이크화(畵)를 이룰 것이다. 관계맺음과 성찰, 뒤집기를 통해 늘 새로움을 추구하는 '자기'가 된다면 강미란의 글쓰기가 던져둔 화두를 조금은 풀 수 있지 않을까.

레치얌

L'Chaim

강미란 수필집

레치얌
L'Chaim

'레치얌'은
'삶을 위하여'라는 히브리어

기쁨과 슬픔, 고통과 절망, 모든 것을 포함한
삶을 축복하는 말